W0310941

Ne m'oublie pas

Du même auteur

Un arc-en-ciel et des ombres flottantes,
Bookstory (2014). Version papier épuisé.

Lou Vernet

Ne m’oublie pas

Editeur : BoD – Books on Demand
12/14 rond point des Champs Elysées – 75008 Paris
Impression : BoD – Books on Demand, Allemagne

ISBN : 9782322018505

Dépôt légal :Juin 2015

A la mémoire de mon père
et à celle d'Antoni.

Mes racines et mes ailes.

Ce qu'on ne veut pas savoir de soi-même
finit par arriver de l'extérieur comme un destin.

CC Jung

Le plus souvent on s'est tenu
à la surface des choses ou des gens
avec en dedans
un grand désir
muet.

Antoine Emaz

Chapitre 1

Dieu est mort. Cette nuit. À 5h13 du matin exactement. Eviction à peine soulignée par un filet de lune, pour ainsi dire dans le vide, en plein noir et sans même une étoile pour l'éclairer.

D'abord, le ciel s'est rempli d'eau. Une mer immense. Toute barbouillée. Puis il y a eu des éclairs, des lumières en cerceaux s'entortillant les unes dans les autres, en rafales, aveuglantes.

Un spasme, des tiraillements et enfin un déchirement.

Alors Dieu est mort.

Le ciel n'était plus le ciel, la mer s'y déversait. Comme un violent orage. Sismique. Assourdissant.

La terre s'est arrêtée de tourner, il y a eu une dernière grande respiration et toutes les logiques du monde, un instant, se sont inversées. Les dates en négatif affichaient un calendrier à rebours. Les jours, les noms, les concepts et même les continents paraissaient avoir basculés dans une confusion telle que plus rien n'avait de sens ou alors son contraire.

Jean a tout de suite pensé, c'est le début du chaos. Un fou tenait l'univers à sa merci, le secouait, l'agitait. Une main ferme et puissante en étau au-dessus du globe, qui s'ingéniait à vouloir bousculer le cours des choses et lui faire perdre la boule. Comme une révolution depuis longtemps sous-jacente, un bouleversement sans précédent.

Pourtant Jean n'a pas cillé. Il lui semblait que ça allait passer, que ce n'était pas aussi vrai que le bruit voulait bien le faire entendre. Quelque chose le protégeait un peu. Un voile ou une distance ?

Une sorte d'irréalité impénétrable.

Tout de suite après, une ombre est apparue. Informe et transparente. Vague silhouette féminine au sourire malicieux.

Jean a tenté de la saisir, elle s'est dissoute entre ses doigts. Un rire d'enfant l'a remplacée. Un rire en cascade, cristallin et joueur qui n'en finissait pas de rebondir et qui s'est éloigné. La forme est réapparue. Il a senti qu'elle le frôlait, l'hilarité en lointain écho.

Toute la tristesse du monde, réunie en cet instant et surgie de cet abîme cauchemardesque, s'est alors abattue sur lui. La mer l'a envahi de nouveau.

Dieu était mort, c'était l'évidence : il avait l'apparence d'une femme et la voix d'un enfant.

Chapitre 2

Quand il a ouvert les yeux, Jean pleurait. Sans gémissements ni gros sanglots. Juste de petites larmes fines mais pointues, acérées et douloureuses. Tout son corps replié en chien de fusil, les bras enserrant l'oreiller, le broyant à lui exploser les coutures.

Entre ses cuisses, son sexe durcissait.

Il a senti qu'il bandait. Un trouble matutinal, mécanique et nerveux. Une érection condamnée d'avance sans désir ni plaisir et qui n'a pas duré. Lentement il a desserré son étreinte de l'oreiller pour se masser le visage, essuyer ses joues et regarder autour de lui.

Il faisait nuit encore. Ni lune, ni étoiles, ni même un faisceau de réverbère. La chambre donnait sur une cour carrée non éclairée qui s'éclaircissait chaque matin au lever du jour et s'assombrissait chaque soir après le coucher du soleil. La fenêtre dans l'axe de son lit était un rectangle aveugle et sourd, sans aucun reflet. Nulle veilleuse voisine ne s'y infiltrait. À part Jean à cette heure-ci, personne dans l'immeuble n'était réveillé.

Le rêve avait fondu dans le silence et le silence ne dirait rien.

Il tendit le bras pour saisir son téléphone portable et vérifier l'heure. L'horloge digitale affichait 5h13. Il lui sembla déjà avoir vécu cet instant. Il tenta de le situer, vainement. Le souvenir qu'il en gardait était confus et même plutôt nauséeux. D'un mouvement de tête volontaire, il le chassa.

En se réveillant, le malaise s'était dissous. Subsistaient encore quelques effluves disparates qu'il voulut déloger. Il gagna la salle de bains et se planta devant le lavabo. Il ouvrit le robinet, laissa couler l'eau et attendit qu'elle tiédît ; il était bien trop frileux pour s'appliquer la technique plus virile de l'ébrouage à l'eau froide. Aussi, quand le jet fut à température, il approcha son visage, remplit ses mains, se massa le cou, se frotta les yeux, but quelques gorgées dont il se gargarisa et qu'il recracha.

Puis il se redressa.

Dans le miroir, l'espace d'un instant, il grimaça. Qui était ce vieillard nu qui lui volait son image ? Que faisait-il en sa compagnie ? Il y avait bien en lui une ressemblance, une silhouette, un air familier. Il y avait bien un souvenir, la trace d'un passé ou même d'un vécu.

Et pourtant.

Comme si tout d'un coup, en une nuit, il avait vieilli, l'image de son père venait de se superposer à la sienne. Il le reconnut. Dans ses yeux, le même regard, vide et triste. Au coin de sa bouche, le même pli, las et muet.

Il replongea la tête sous le robinet et s'aspergea abondamment. Quand il la releva, dégoulinante, il sut. Et se souvint.

Pas plus tard qu'hier, lors d'un de ces repas dominicaux qu'il lui arrivait d'honorer. Non pas qu'il ne le désirât point mais il était si souvent absorbé par les labyrinthes de son métier. Toujours ailleurs, jamais ici. Depuis combien de temps déjà ? Des années à saisir la lumière sur des milliers de visages pour s'apercevoir un jour de celle qui est en train de disparaître. Sur celui de son père, hier, un dimanche.

Deux ans déjà que la maladie agissait en lui subrepticement. Son regard se vidait, ses yeux devenaient liquides, presque transparents. Son père s'arrêtait de parler, tournait la tête et s'immobilisait. L'urne grise et blanche en ligne de mire, trônant sur le buffet de la salle à manger. À droite, une photo demeurée inchangée sous son cadre de verre lustré. À gauche, une bougie à demi-consumée et un ruban noué en une boucle parfaite.

De plus en plus souvent, des fantômes embrumaient l'esprit de son père. Il pouvait alors avoir de brusques accès de colère ou plonger dans une profonde léthargie. Le repas de la veille ne l'avait pas épargné même si sa mère avait cru bon de rassurer Jean. Elle lui avait murmuré à l'oreille, en le frôlant de l'épaule pour poser un plat fumant au milieu de la table :

- Sa mémoire s'est absentée. Ne t'inquiète pas, il va revenir.

Et effectivement, sans transition, deux minutes plus tard, l'assiette garnie et le visage tout ragaillardi, son père avait repris la conversation là où elle s'était interrompue :

- Alors mon fils, et la photo ? Clic, clac Kodak ? Zoom toujours ?

Une très vieille réplique pour réaffirmer la complicité et le lien ténu. Sa mère avait souri à Jean, posé une main sur celle de son mari. Un ange était passé. Jean s'était essuyé la bouche d'un mouvement brusque, la serviette de table stoppant net le tremblement de ses lèvres, l'émotion aussi vite ravalée.

Puis il avait tenté d'expliquer que le Kodak s'était fait doubler par le numérique et que le clic était devenu aujourd'hui celui d'une souris. Ce que son père avait fini par juger plutôt marrant.

L'eau coule toujours au robinet. Dans la glace, Jean ne voit plus que lui-même, effrayé, ahuri. Il se plie à nouveau et passe la nuque en dessous du jet brûlant pour cette fois se frictionner jusqu'à la racine des cheveux. Quand il se redresse, la serviette mouillée, roulée en boule autour du cou et qu'il agrippe d'une main ferme aux extrémités à la manière d'un boxeur avant d'entrer sur le ring, Jean pense qu'il ne se rendormira pas.

Dans la chambre c'est toujours la nuit. Sur le portable, l'écran digital affiche le jour (lundi 9 décembre) et l'heure (5h32). La désignation du temps est minutieuse de nos jours. Autrefois on aurait dit 5 heures et demie ou 5 heures 30 passées. Jean en saisit la nuance puis l'oublie. Où une remarque comme celle-ci pourrait-elle le conduire ?

À tâtons, il pousse le variateur de l'halogène en position trois, éclairage idéal pour une lumière diffuse et souple. Puis, dos au mur, il s'assied au milieu du lit et regarde. Cette pièce est un grand foutoir. Trop vaste pour n'être qu'une chambre, elle sert aussi de bureau et de lieu d'archivage. Il y a là, entassés, en piles, en vrac et dans tous les coins, des années de photos non triées, de papiers non classés, de livres empilés, des habits propres roulés en boule et d'autres sales négligemment pliés, une valise toujours ouverte et jamais complètement vide, des planches contact éparpillées, et même des rouleaux de films abandonnés, non développés, demeurés inviolés.

Punaisés sur tout un mur, face au lit, des clichés d'un peu partout dans le monde. Des lieux méconnaissables et sans légende qu'il est le seul à pouvoir identifier. Des paysages arides, beaucoup de cailloux. Des pierres, des rochers, des chemins, des lisières, des sentiers désertés. De la poussière, des ombres, du feu, des friches.

Des portraits de femmes aussi. Des visages cachés, les mains tendues, doigts écartés. Comme pour se protéger de la lumière, se cacher du flash, ou se masquer le regard. Autant de corps étrangers, presque pas d'hommes et aucun enfant.

Tout un amalgame de noir et blanc, sans couleur et terriblement désincarné. La somme d'une vie condamnée : instantanés, éclairs, secondes arrêtées.

Jean laisse errer son regard. Plus aucun de ces clichés qu'il connaît par cœur ne retient son attention. Lui aussi est déjà parti ailleurs, au-delà, de l'autre côté. Comme son père, il s'est absenté.

Clic, clac Kodak, papa… zoom, zoom, fiston !

Jean sait ce qui lui arrive. Des insomnies, il en a déjà eues. Peu, certes, et il y a longtemps, mais il connaît le remède. Tout sauf la cogite et le ressassement. Un bon bouquin ou un petit plaisir mais la Madame Nostalgie de Moustaki c'est sans lui. Trop déprimant.

Jean est un intuitif aussi. Tout selon lui a un sens et rien n'est dû au hasard. Si les événements s'enchaînent et se déchaînent, il faut savoir accepter même sans comprendre.

Il se laisse glisser dans les draps et respire un bon coup.

À côté du lit s'élève, en une pyramide aléatoire et à l'équilibre précaire, une pile de livres tous entamés selon ses humeurs et tous inachevés selon sa fatigue. Au gré des voyages, des heures d'attente entre deux vols, du climat, de la tendance, des livres sans lien aucun si ce n'est la volonté d'un homme de croire qu'un livre est toujours un message sur le chemin et qu'il faut accepter celui qui nous barre la route. Mémoire d'école qu'il avait prise à son compte et quelque peu triturée en plagiant sans vergogne l'idée maîtresse de Kafka : « Un livre doit être la hache qui brise la mer gelée en nous. Si un livre ne nous réveille pas d'un coup de poing sur la tête, à quoi bon le lire ? ». Fidélité de surcroît abusive qui l'avait amené à collectionner des piles aussi colossales qu'éclectiques.

Allongé sur le ventre, la tête et le cou en partie dévissés, Jean parcourt sur la tranche des couvertures les titres de ses récentes acquisitions.

Fritz Zorn et son cri martien. Un texte impossible à digérer, une lecture brisée à la 125ème page. Il se revoit encore, la tête piquée par d'insidieuses aiguilles, reposer le livre et se dire, non sans ironie « pause, mon gars, pause, stop et éjecte… tu cours à la migraine… ce gars-là va te mettre à terre… ».

Juste en dessous, Jack London, une réédition à la couverture vert fluo de sa brève autobiographie.

Jean se détend et respire « ah bah voilà, ça, ça a du corps, deux ailes et du souffle… on n'est pas des bêtes tout de même ! Un peu de miel dans cette ruche de fous...»

Il sourit et lit encore : John Irving, Alice Ferney, Paul Coelho… Keith Ablow…

Il est presque heureux.

Les mots des autres, sauf exception, l'ont toujours apaisé.

Des mots et des pensées qu'il rattache à ses voyages et à ses photos. Autant de phrases lues à chacun de ses déplacements pour autant d'images prises trop souvent dans le silence et sans légende.

Il s'attarde sur Keith Ablow, celui qu'il aime nommer le petit génie du polar contemporain. Cette part d'ombre que chacun porte en soi et contre laquelle ses héros n'offrent aucune résistance. Jean prend plaisir à souffrir avec eux de leur manque d'humanité tout en se flattant de ne pas y succomber « ni meilleur ni pire… mais au fond, qu'est-ce qui fait la bascule ? Faut-il être lâche ou courageux ?... »

Jean ne connaît pas la réponse. Il en aurait plutôt peur. Il vit sa vie entre ses deux rives, affleurant à peine l'une ou l'autre. Caché derrière son objectif, il sait qu'il oscille. Courageux d'être toujours le premier là où personne ne va et lâche de n'être que le témoin passif, spectateur intrusif.

Son esprit flotte quelques instants dans ce malentendu. Ses yeux continuent de parcourir la pile de livres, il voit au travers, il s'égare. Puis de nouveau, un titre le happe, l'extrait de sa confusion, le sauve.

Comme piégée entre ce méli-mélo, une lumière vacillante mais tenace, « C'est égal », les nouvelles d'Agota Kristoff.

Sobres, percutantes, déroutantes et englouties en un vol. Paris-Nice, il s'en souvient. Au retour, la femme qui lisait à ses côtés les avait lues aussi et ils s'étaient régalés à deviser ensemble sur les phrases qu'ils avaient le plus aimées « *la seule chose qui puisse faire peur, qui puisse faire mal, c'est la vie, et tu la connais déjà… Inachevée restait la syllabe, sans signification, accrochée entre la fenêtre et le vase de fleurs…* ».

Jean se souvient avec bonheur de ces minutes à lire dans les nuages. Il ne savait rien de cette femme, et elle, elle était partie sans même connaître son prénom et pourtant, ils avaient tout partagé. Ils avaient échangé des mots et des bouts de phrases en sachant qu'ils s'offraient plus que cela, comme si chacun dévoilait une part intime, un bout de vérité, un secret à perpétuer.

Il prolonge le souvenir, se frotte le menton, méditatif. C'est bien qu'il n'ait jamais eu le courage d'élever une bibliothèque, de mettre ces ouvrages hors de portée, en hauteur.

Il aime les voir entassés là, accessibles, prêts à l'assaut. Il aime imaginer que toutes ces histoires parlent entre elles, se racontent, comme sa mosaïque de photos sur le mur dessine une épopée. Réunir en si peu d'espace autant de vies le rassure. Il se sent moins seul.

Il sait qu'il va maintenant pouvoir se rendormir. Il choisit pour l'accompagner *l'Enfant Zigzag* de David Grossman. Un monde onirique pétri d'humanité et de tendresse. Du baume au cœur dans sa nuit cauchemardesque.

Et en effet, quelques 45 minutes plus tard, la lumière du jour vient doucement lui titiller les cils et lui soulever les paupières. Il a dormi, d'une traite et sans rêve, le livre de Grossman posé à plat sur le torse.

Dans sa main droite, une photo. Il la tient serrée. Entre le pouce et l'index, un portrait qu'il examine en clignant des yeux et en tendant le bras aussi loin que possible.

Au premier jugé, un visage de femme impavide et grave mais plutôt jeune. Et beau. A bien y regarder, plus en dedans, un regard triste, légèrement voilé. Mais un regard que Jean sait franc, sans détour. Et un sourire qui, ce jour-là, s'était réfugié dans une pupille claire, un bleu tendre et doux qu'une lumière était venue cueillir dans un instant de grâce.

Jean ne sait pas bien démêler ses émotions avec les mots. Il cadre d'instinct, zoome, déclenche, et recommence. Il prélève des instants, il capte des émois puis il développe et donne à voir. Il sait que la vérité est peut-être là, dans l'instant, il la cherche, il la sent, l'isole et la met en boîte. Après, les choses lui échappent. Il ne veut rien expliquer. Juste montrer.

Ce visage oublié servait de marque-page. Il l'a retrouvé cette nuit, à la page 40, coincé entre ces mots « *Les péripéties que nous avons conçues à ton attention peuvent survenir d'un instant à l'autre. À condition que tu joues le jeu. Je veux dire que si jamais tu te dégonfles, tu n'auras qu'à rester bien assis bien sagement à ta place durant quatre longues heures assommantes, jusqu'à Haïfa, et une fois arrivé, monter immédiatement dans le train pour Jérusalem, et tu ne sauras jamais ce que tu as raté. Mais si tu es un jeune Hébreu au cœur d'airain, alors lève-toi, Nono Cœur de Lion, et marche vaillamment à la rencontre de ton destin !».*

Chapitre 3

Foutue nuit !

Il en a encore des relents, la mine toute chiffonnée, l'esprit confus et le corps raide.

En sortant de la douche, pour laquelle il a doublé le temps de pause, bras ballants sous la pluie d'eau brûlante, Jean se plante face à la glace. Il regarde et se voit, tel qu'il est, aujourd'hui. La quarantaine passée mais pas trop. Le corps athlétique, ferme, lisse, la peau mate. Les yeux clairs, le cheveu épais, le visage fin. Et cette malice au bord des lèvres, cet air narquois qui séduit les femmes et crispe les hommes.

« Bon d'accord, ce matin c'est pas ça, t'as plutôt l'air d'avoir avalé un mort, mais secoue-toi mon gars, c'est juste un mauvais rêve… t'as vu tes yeux, allume la lumière, vas-y, gonfle le torse, bande tes muscles, joue des pectoraux, mets tes doigts dans la prise, t'as le cheveu tout plat, compte tes rides, tu vois, tu peux encore et sans calculette, fais tourner la manivelle, tire sur le sourire, accroche-le aux oreilles… t'es pas encore vieux, juste fatigué, va falloir te secouer… ohé là-dedans y a quelqu'un, c'est lundi, tout est possible… espèce d'innocent, va ! ».

Et dire qu'à sept minutes près, c'eût été son nom de baptême. Saint Innocent, quand il y pense, il se dit que tout de même, non ses parents n'auraient pas osé. Il avait dû le pressentir. Il était né la veille, in extremis, un peu avant minuit, le jour de la Saint-Jean. Raison tout à fait raisonnable et de surcroît logique pour eux de le prénommer ainsi.

À peine plus tard, un jean et une chemise enfilés sans y penser, il s'habille quotidiennement ainsi, par commodité et par style aussi, Jean s'assoit derrière son ordinateur. Un rapide coup d'œil à ses mails avant de partir. Rituel immuable, le second après la douche. Le troisième étant le café du matin au bar du coin.

Il semblerait qu'il ait douze messages non lus. Douze moins les spams et les « on verra plus tard », trois seulement retiennent son attention. Deux de son vieux copain Franck parce qu'il le sait en Chine et que ces derniers jours, la terre a bougé là-bas et un de Mathilde.

Oups… ! Peut-être que là, il faudrait inverser le rituel. Déjà descendre boire un café, prendre en diagonale les nouvelles du jour, respirer un ou deux gaz d'échappement, et seulement ensuite ouvrir la boîte de Pandore.

Trouillard va !

Il opte pour Franck, lâche à demi car les nouvelles de Chengdu et les conséquences du récent séisme ne sont pas des plus joyeuses.

Bonjour tout le monde,

Tant pis pour ceux qui le savent déjà, je vais rassurer ceux qui n'ont pas encore eu de mes nouvelles. Tout va bien.

Il est 4h19, je suis chez un pote non pas parce que c'est plus sûr que chez moi mais après la secousse d'hier après-midi je ne pouvais pas envisager de rester seul.

Nous étions mes collègues et moi au 23ème d'une des grandes tours de Chengdu quand vers 14h30 le sol s'est mis à trembler plutôt fort. On a eu peur mais j'ai tout de suite pensé que c'était temporaire et puis presque deux minutes plus tard, ça se calmait. C'est long deux minutes où vous avez l'impression de tanguer littéralement. On a fini par sortir en se tapant les 23 étages à pied, tout le monde sain et sauf dans une rue noire de monde.

J'ai fait un sac prêt à partir (je ne sais pas où d'ailleurs...) s'il le faut. Je ne compte pas remonter travailler aujourd'hui et je ne pense pas qu'on pourra. Presque rien n'est fissuré de ce que j'ai vu dans le quartier c'est assez étrange. On a peu d'infos sinon Internet comme vous. Les portables marchent par période et encore seulement les sms ou quelquefois les téléphones sur Chengdu ou Pékin.

Je vous tiens au courant.

15h02 - ça semble se calmer

Après une nuit bien moins agitée que la précédente, la vie semble reprendre son cours à Chengdu, les gens vont même bosser. Des avions sont passés toute la nuit au-dessus de nos têtes pour lâcher des tentes et autres couvertures aux populations qui sont encore bloquées. Certaines tours sont encore condamnées, d'autres accessibles alors qu'aucune inspection n'a été faite... Heureusement il fait beau et les torrents de pluie de cette nuit ont cessé.

Comme vous le savez tous certainement, les conséquences du tremblement de terre apparaissent maintenant et l'une d'entre elles est le manque d'eau. Ce n'est pas sûr à 100% mais on ne trouve plus d'eau dans les magasins depuis ce matin.

Je ne sais pas ce qui existe près de chez vous, associations, plan d'aide ? - mais je vous invite à aller au-delà de vos idées politiques ou autres, et à apporter de l'aide aux populations locales du Sichuan.

Je fais appel à votre intelligence du cœur. Merci à vous tous, Franck.

Les messages de Franck le laissent pensif. Jean ne sait pas trop quoi penser.

A 20 ans, il avait lu Alexandra David Neel, découvert le Tibet, le Dalaï-lama, le bouddhisme et l'oppression chinoise. Son choix n'avait pas été difficile à faire.

Et pourtant les catastrophes naturelles, Jean l'avait vérifié toutes ces années, donnaient aux hommes un sentiment d'impuissance terrifiant. Le dénuement qu'elles engendraient pouvait en clin d'œil l'absoudre de tous ses péchés. La Terre en se rebellant lui rappelait de façon violente mais concrète qu'elle n'appartenait à personne et qu'il ne serait jamais le plus fort.

Le témoignage de Franck ce matin est brut de décoffrage mais sincère. Destiné à une poignée de gens étrangers au consortium journalistique, son langage use de mots du quotidien, à vif, sans recul. Jean sait qu'il faudrait qu'il réponde, qu'il soit aussi du nombre de ceux qui l'encouragent et le soutiennent. Il faudrait qu'il ait quelque chose à dire mais son attention est en alerte. Tendue vers le rouge. Le mail de Mathilde qui attend d'être ouvert. Qu'il craint de lire. Son séisme à lui. Son réel, son quotidien, sa tourmente. Et comme, au fond, il est bien plus curieux qu'il n'est lâche, il va l'ouvrir.

Sait-on jamais.

Mon Jean,
Je suis rentrée cette nuit.
J'aimerais te voir, que l'on parle.
Est-ce que tu as réfléchi ?
Tu m'as manqué.
J'ai toujours envie de toi.
Mathilde.

Du Mathilde tout craché. Brève, concise, directe, qui va droit à l'essentiel et suggère tout le reste. Qui lui fait monter la tension en trois lignes bien senties, qui évoquent sa voix, son sourire, ses hanches. *J'ai toujours envie de toi*. Et lui alors. A l'instant même, dans quel état l'a-t-elle mis ? L'absence de ces derniers jours monte brutalement en lui. Un désir violent, impulsif. « Ton odeur Mathilde, ta peau, ta bouche. Mon Dieu, ce que tu m'as manqué ! ».

Mais cette question, Mathilde, « As-tu réfléchi ? », peut-être, aurais-tu pu l'éviter ? Que veux-tu que je te réponde ?

« Non Mathilde, pas une seconde. Depuis que tu es partie, il y a dix jours, j'ai préféré oublier. J'ai fait le vide. Je suis parti, j'ai pris des photos, encore, et je n'ai pas trouvé les réponses. Je t'ai échappé ou je me suis échappé, je ne sais pas, Mathilde. Je n'ai pas voulu réfléchir. Je suis un lâche, tu le sais trop. Je n'aime pas les questions. D'habitude c'est moi qui les pose. Et toi, tu en as trop ».

Jean relit le mail de Mathilde, le répète à haute voix, sait qu'il ne l'oubliera pas. Puis sans y répondre, d'un geste rapide, il éteint le Mac, enfile un blouson, un vieux perfecto élimé qui n'a plus d'âge et jette un dernier coup d'œil machinal sur le lit défait.

Le portrait d'une femme triste et sans espoir dépasse de dessous la couette. Il hésite, se penche, le ramasse et le glisse dans sa poche.

Maintenant il a vraiment besoin d'un café.

Chapitre 4

Un café, noir, brûlant, au comptoir et déjà servi quand Jean arrive. Des lustres que le patron du bar le connaît et qu'il le voit descendre la rue tous les matins. Le rituel est infaillible, familier et sécurisant. Et ce matin, plus que tout autre, Jean est heureux que celui-ci fonctionne. Ses premières heures, pour un lundi, ont été riches en émotions.

Il salue la fleuriste, le visage enfoui sous une gerbe de roses blanches. Elle a son magasin « A la main verte » en face du bar, et des seaux déposés sur le trottoir chaque matin. Une multitude de couleurs et de variétés, mais guère de parfums. Trop vite poussées, coupées, réfrigérées, livrées, fanées, lui avait-elle avoué un jour un peu désespérée. Personne ne prend plus le temps de rien aujourd'hui ! Ça va trop vite et moi je me fatigue.

Jean aime bien qu'elle grogne mais qu'elle continue quand même. Il ne voudrait pas que ses fleurs disparaissent de son paysage. Il y a déjà à cette heure-ci trop de voitures qui lui polluent l'atmosphère.

Il pénètre dans le bar, lance un bonjour à la cantonade, serre la main du patron. Le gars du Bio est déjà là, Le Parisien bien en main. Jean demande :

- Alors… et cette relève des infos ? Où en est-on ?

Imperturbable et routinier, le gars du Bio répond :

- Idem, mon pote, le monde continue de tourner et toujours personne pour s'apercevoir qu'il s'y est pris à l'envers…

Un vieil anarchiste, le gérant du magasin d'alimentation bio. Un soixante-huitard qui avait trop traîné ses guêtres en Inde et qui n'en était jamais vraiment revenu. Un mec gentil au demeurant avec qui Jean était tombé d'accord sur un sujet au moins : la lecture en diagonale des journaux du matin surnommée « la relève des infos ». Le Parisien d'une main, Libé d'une autre. Le patron de toute façon n'achetait que ces deux-là et Jean s'en contentait très bien.

- Tout juste utile pour se faire une idée du monde où l'on vit. Grosso modo. Parce que pour les détails, mieux vaut le parcourir, le monde, et prendre des photos, hein l'artiste ! C'est pas vous qui allez me contredire.

Jean avait acquiescé. Il y a longtemps qu'il avait son opinion là-dessus.

Ça ne ment pas une photo et ça parle vite, bref, concret. Évidemment, ça n'explique pas tout et ça ne met pas de parenthèses. C'est un peu cru. Ça ne pardonne pas. Un accident de la route, un portrait noir et blanc de pédophile, un corps inanimé, une maison dévastée, un trombinoscope de politiciens carnassiers, un arbre déraciné, une baleine échouée, un meurtrier menotté et à partir d'une image toutes les autres s'invitent. Le film se met en route. Chacun de toute façon ne retiendra que l'essentiel : la mort, la violence, l'abus, l'injustice, la fatalité.

À l'époque, il y a de cela presque quatre ans, quelque six cafés à s'inviter mutuellement et plus d'une heure à dialoguer, ils étaient tombés d'accord.

Tous les matins, en quelques pages, à l'encre noire, même pas sèche, le panel des bourreaux contemporains se reproduirait à quelques milliers d'exemplaires. Plus besoin de se cacher derrière un prédateur des guerres anciennes, chaque minute de chaque jour révèlerait une part sombre de l'humanité. Sans leader, sans porte-drapeau. Dans le village le plus reculé, derrière le masque poli du gentil voisin qu'on pensait si bon.

Une photo choisie et un titre pointu suffisaient alors. Seules les circonstances dites « atténuantes » changeaient au fil du temps, des modes et des digressions psy. Alors une diagonale c'était déjà beaucoup d'attention pour autant d'aberrations.

Ce matin-là, le rituel aurait dû être immuable. La diagonale aurait dû protéger Jean. La misère sur papier froissé, au chaud, devant un comptoir, ce n'est presque pas vrai. Mais la nuit a été longue, son cauchemar épique, les mails de Franck agaçants, celui de Mathilde troublant et la photo entêtante.

Il lit dans le Parisien qu'on a retrouvé le corps d'un SDF mort de froid dans la nuit. Le premier de cet hiver. Il en faut un chaque année. Au moins pour relancer la polémique.

Et si celui-ci, pour une fois, avait un nom. Un nom connu. En tout cas de lui.

Derrière ce sourire inachevé qu'il a cherché mais qu'elle a toujours voilé. Sur chaque cliché, il se souvient. Un sourire tenu serré qu'il avait cru pouvoir appréhender et qu'il avait abandonné. Un visage de femme beau et jeune encore. Un regard brut et sans espoir.

La photo glissée dans une poche de blouson qu'il extrait nerveusement et qu'il dévisage pour la quatrième fois ce matin.

Chapitre 5

Quand il ressort du métro, vingt-cinq minutes plus tard, place d'Italie, le soleil est là, lumineux et vif. C'est un jour d'hiver comme il les aime. Sec, froid et clair. Pas un fil blanc dans le ciel. Aucune ombre sur l'asphalte. Aucune poussière d'ange. On peut voir loin et haut, le chemin est dégagé.

Il descend le boulevard Auguste Blanqui, s'arrête devant l'école Estienne. Un bâtiment tout en briques avec corniches et bandeau en pierre, couvert d'ardoises. Plus d'un siècle d'existence et quelques illustres personnages dans ses murs : Cabu, Doisneau, Siné, et même Edouard Boubat. Un sacré photo-reporter selon Jean.

Ses photos, un quotidien dépouillé mais plein de grâce et de poésie, l'avaient toujours fasciné. En focalisant sur des moments a priori insignifiants de la vie, Boubat arrivait toujours à en exalter la racine du bonheur. Ce que Jean, en 20 ans de photos, n'avait même pas feint d'essayer.

Il dépasse l'église Sainte-Rosalie, laisse à droite la rue Corvisart, les mains au fond de ses poches, le col du perfecto relevé, le regard tourné vers la gauche, juste en dessous du métro aérien.

A 8h30 du matin traînent encore quelques lycéens volubiles qui s'échangent des copies, fument une dernière cigarette, le casque à la main, une fesse sur le scooter, un I-pod autour du cou. Des femmes au pas rapide, pressées de rejoindre la chaleur du prochain immeuble de bureaux. Et un vieux, en robe de chambre et chaussons, qui promène son chien.

Un magnifique basset blanc remarque aussitôt Jean. Le crâne arrondi, le museau épais, les yeux enfoncés, les oreilles longues, la queue légèrement recourbée et le poil court. Un pure race très certainement à qui on a noué un carré noir autour du cou, sûrement pour faire plus chic mais un pure race tout de même.

Pas très loin, un costume-cravate bleu marine déjà pendu à son oreillette fait les cent pas, dans un espace délimité par lui-même, une sorte de carré fictif, dans lequel il passe et repasse, toujours dans le même sens, à l'inverse des aiguilles d'une montre.

Et pour clore le tout, pense Jean, amusé, à hauteur de la rue Gondinet, un Motocrotte en route pour des kilomètres de trottoirs. Paris ville propre, un défi chaque jour renouvelé.

Devant le journal Le Monde, juste avant la rue Vulpian, Jean stoppe net sa marche. Sous le pont du métro se trouve le camping d'une poignée de sans-abri. Des matelas, une vieille chaise en paille bringuebalante, un Caddie rempli à ras bord, tout un fatras de mille et un petits riens puant la crasse, le vin et la misère. Pile en ligne droite des grandes baies vitrées du Monde. Face à lui. Face à son hall immense et vide qui abritait il y a dix ans encore les locaux d'Air France. Les nomades urbains, exposés en face, y ont-ils pensé ? Est-ce une provocation ? Un appel à la charité ?

Ce matin, Jean a rendez-vous avec la DA du Service photo, cinquième étage. Un projet qui traîne depuis des semaines et qui remonte à trois ans déjà.

En 2005, un séisme avait dévasté les montagnes du Cachemire, faisant des ravages considérables. Plus de 76 000 morts, 69 000 blessés et plusieurs millions de personnes sinistrées. Jean avait été l'un des premiers photographes sur les lieux. Le spécialiste, depuis des années, c'était lui. Personne n'entrait plus dans la course. Il avait mitraillé la désolation, la peur, la douleur aux quatre coins du monde. Et alors que chaque flash aurait pu être une insulte, toute la profession savait qu'il rendait hommage. Aux victimes, aux destins, aux lois de la nature.

Le rendez-vous de ce matin, même s'il n'y croyait guère, devait montrer la pertinence de faire un état des lieux, trois ans après. Pertinence due au fait tout de même qu'un dossier allait être ouvert pour un prochain numéro du Monde 2 sur les cataclysmes de ces 5 dernières années et que Jean comptait bien y placer d'autres photos.

Avant d'entrer dans le hall, Jean hésite et pense. « Sûr qu'il est en avance, sûr qu'ils seront en retard ». Il regarde l'heure pour se rassurer, 8h40, c'est largement jouable.

Il opère un demi-tour sur lui-même et se décide à traverser la rue, « direction toute », le bivouac sauvage. Il s'approche du groupe, trois hommes assis en rond et un quatrième dont on devine la forme sur le matelas, emmitouflé dans un sac de couchage qui a l'air d'avoir vu du pays et même plusieurs.

Il les regarde, incertain, coi, un peu gauche. Il n'a rien préparé alors évidemment les mots le lâchent. Il ne sait pas bien comment s'y prendre. Les autres le dévisagent, se sont arrêtés de parler.

Puis l'un d'eux, le plus jeune, des piercings dans le nez, l'oreille, au sourcil et un tatouage dans le cou - une sorte de reptile immense, noir et rouge - l'interpelle :

- T'as perdu quelque chose, le motard ?

Jean reste silencieux. Sa rectitude est incongrue. Il est là, figé, déçu. Et mal à l'aise. Intrus. Ils l'ont pris pour un motard, le perfecto sûrement. C'est mieux ainsi. Son appareil photo jette souvent un froid, mais ce matin Jean est parti sans.

- Puisque t'es là, le Muet, t'aurais pas quelques euros pour notre soucoupe ? lance un second, tignasse endiablée, barbe énorme, en tendant un doigt noir jusque sous les ongles vers une assiette qui a dû être blanche, en porcelaine, ronde et très certainement délicate. Une relique d'un temps passé où trône une unique pièce de vingt centimes.

Jean fouille sa poche de pantalon, en tire quelques pièces et un billet de cinq euros. Il réfléchit à peine, il a déjà été assez ballot comme ça, et dépose le tout dans l'assiette.

Les trois compères le saluent d'un long sifflet enjoué. Jean est déjà reparti. Il retraverse la rue, s'engouffre dans Le Monde et s'interroge « Mon Dieu, mais qu'est-ce que j'ai depuis ce matin ? ».

Il se décide pour un second café à la cafétéria du 8ème. De toute façon il est en avance. Il croise quelques comparses, des gens de la profession, de vagues connaissances, de jeunes enragés pour qui la place à faire est plus dure que pour lui, à son époque.

La vocation était née tôt chez Jean mais il se rappelle précisément le jour où il a voulu devenir photographe. C'était en dernière année de lycée. Il venait d'acquérir, avec le concours plus que généreux de l'oncle Emile, son premier Leica. Un M4P auquel il avait rajouté un objectif Noctilux doté d'une lentille 70 fois supérieure à une lentille Leica classique. Une vraie folie qui lui avait coûté toute sa fortune d'autant plus que trois ans plus tard, la marque allemande sortait le M6, son premier boîtier avec cellule et que Jean n'avait pas su attendre.

« Ça ne fait rien, lui avait dit l'oncle Emile, pour faire des miracles, il ne faut reculer devant aucun sacrifice et des miracles, mon petit, avec ce matériel, tu vas pouvoir en photographier. Car c'est aussi le secret de cette famille. Connais-tu son histoire ? Sais-tu au moins qui était Ernst Leitz II, fils du premier ?».

Et devant le silence résigné de Jean qui pressentait déjà la demi-heure qui allait suivre, l'oncle Emile s'était indigné gentiment « Mais bon Dieu, qu'est-ce que t'apprends toute la journée ?... à mettre des bigoudis au phoque ou à peigner la girafe ? ».

Il avait enchaîné :

« Ernst Leitz II, Monsieur le futur photographe, n'était rien de moins que l'héritier de Leica, dont tu tiens l'un des bijoux entre tes grosses pattes d'amateur. Fils émérite qui sauva la vie à plusieurs dizaines de Juifs pendant la Seconde Guerre mondiale ».

Et l'oncle Emile avait entrepris de lui raconter l'épopée, volubile et heureux comme toujours de faire entrer dans la tête de son neveu quelque chose d'inédit :

« Les origines de la marque allemande remontent à 1849 quand un jeune mathématicien, Carl Kellner, fonde un institut d'optique pour développer et commercialiser des lentilles et des microscopes. En 1865, le mathématicien Ernst Leitz devient l'un des associés de l'entreprise. Entreprise qu'il rachète peu de temps après et à laquelle il donne son nom. Un sacré bonhomme si l'on en croit sa descendance, enraciné dans de fortes convictions protestantes et que son fils, Ernst Leitz II, reprendra à son compte. Recruté en 1906 par son père, il met un point d'honneur à apprendre par cœur les prénoms de tous les salariés. Sur la porte de son bureau, il fait même inscrire « Entre sans frapper ».

Avant que ce soit la guerre, et ce dès 1933, année de l'arrivée de Hitler au pouvoir, il se présente comme candidat aux élections dans les rangs de l'ex-parti libéral de gauche, DDP, fondé naguère par l'industriel juif Walter Rathenau. Il critique même violemment les nazis qu'il compare sans hésiter à des « singes bruns ».

Puis, pour échapper aux rigueurs des « châtiments » que le régime hitlérien avait décrétés à l'encontre des Juifs, Ernst Leitz II met au point un scénario des plus courageux. Il embauchait un jeune juif qui bénéficiait d'une formation plus ou moins longue dans l'usine familiale de Wetzlar, au nord de Francfort. Sous un prétexte professionnel, l'apprenti recevait ensuite un billet pour New York, la France, la Grande-Bretagne ou Hong-Kong. Un billet payé par le patron, avec des lettres d'introduction rédigées par ses adjoints et un visa obtenu par l'entreprise. Sans oublier, bien sûr, l'indispensable appareil photo. »

Jean à cet instant, l'avait interrompu, heureux de faire savoir qu'il l'écoutait et que cela appelait des connaissances qu'il pouvait partager :

- Un peu comme Oskar Schindler, tu sais… la Liste.

L'oncle Emile s'en était félicité intérieurement et avait continué :

- Un peu comme tu dis... rien de comparable numériquement, diront certains, avec l'exploit de Schindler qui sauva de la mort 2 100 Juifs Polonais et pourtant, les risques pris par Ernst Leitz II étaient du même ordre.

Et de plus, comme beaucoup de Justes, il ne parla jamais de ce qu'il avait fait. Ni ses enfants ni personne de sa famille n'était au courant. Cet épisode humanitaire a été mis à jour des années plus tard par Frank Dabba Smith, un rabbin d'origine américaine qui vit à Londres…

Alors tu vois, avait conclu l'oncle Emile, des miracles, avec cet appareil, tu te dois d'en faire !... il y a des précédents…».

Plus tard, Jean avait appris que Robert Capa et Henri Cartier-Bresson eux-mêmes étaient des figures emblématiques de la marque.

Il était resté fidèle.

Mais à l'époque, encore lycéen et pas tout à fait majeur, Jean avait surtout usé de son art pour flasher tous azimuts, les filles de préférence. Il voulait être photographe de mode ou de charme. Au choix, ça n'était pas encore sérieux.

Ça tenait surtout au sourire d'Elodie, aux yeux d'Elodie, à la silhouette d'Elodie et à la grâce d'Elodie. Son amour pour Elodie, quand il y pense ! Elle avait pris une telle place. C'était une autre époque, pour ainsi dire une autre vie.

Les images surgissent, un peu plus floues, moins précises. Il passe une main sur son visage, se ressaisit. Qu'est-ce qu'il a depuis ce matin ?

Il regarde autour de lui. 8ème étage, cafétéria du Monde. Ça va bientôt être le rush, l'effervescence. Des petits groupes passent devant lui en le dévisageant. Il faudrait peut-être qu'il atterrisse.

Il est à peu près sûr que ses rêveries ne passent pas inaperçues. Il croirait presque qu'elles lui collent à la peau, qu'elles sont en train d'en sortir et de se mettre en scène malgré lui, devant lui.

Et pourtant, de nouveau seul, il replonge.

« Ça turbine sec depuis ce matin dans ta caboche… eh bien laisse filer, lui aurait dit l'oncle Emile, tu ne peux quand même pas tout contrôler… ».

Il se souvient très bien de son premier sujet. Celui qu'il nomme son premier Vrai Reportage. C'était en plein milieu d'année scolaire. Un gars était arrivé qui n'en était pas un. Plus vraiment en tout cas.

Un transsexuel.

Ça avait jeté un froid dans son petit lycée de banlieue chic. S'afficher comme ça de but en blanc, transsexuel, dans les années 80, elle en avait la fille !

Michel voulait muer en Michelle, deux ailes en plus à son prénom, une paire de couilles en moins et des kilomètres de courage dans les tripes. Jean avait tout de suite été fasciné.

La curiosité avait pris le pas sur le jugement et l'à priori. Il avait voulu le rencontrer, en savoir plus, comprendre. L'appareil photo avait servi d'intermédiaire, il devenait un moyen sérieux d'appréhender l'autre, de découvrir l'autre, de faire parler l'autre.

Les photos que Jean avait faites étaient relatives. Elles ne montraient pas ce que tout le monde cherchait à voir : le travail des hormones, les influences sur la pilosité, les seins qui poussent. Ce que cherchait Jean, ce n'était pas la technique de la transformation, mais la souffrance qui suintait d'elle. Pendant qu'Elodie jouait les interwieveuses, Jean mitraillait le geste, la pose, la grimace et même la joie. A chaque petite victoire sur son corps, Michel(le) retrouvait un visage lisse et confiant. Jean avait remarqué que la douleur accentuait ses traits masculins et que le bonheur au contraire faisait éclore des mimiques plus féminines, des gestes plus amples, un regard plus doux, un langage plus lent. Quelque chose s'apaisait en Michel quand Michelle pouvait se vanter d'une réussite, d'un nouvel achat ou d'un compliment qu'une fille lui avait fait. A mesure que Michelle transcendait Michel, le féminin venait aussi naturellement que s'il avait toujours été là.

Jean affichait les photos par deux, en contraste, Elodie écrivait les légendes, et grâce à eux, l'intrus qui avait fait volte-face en plein milieu d'année devint vite la coqueluche du lycée.

Mais pas de la ville !

Le maire n'appréciait pas qu'on parlât trop du « phénomène ». Il avait demandé au proviseur de Jean que cesse ce « déballage ». La polémique avait duré quelques semaines et un matin, Michel(le) était venu trouver Jean pour lui annoncer qu'il partait « de toute façon, pour avancer, je vais devoir faire du chemin… la transformation est en route… je continue ailleurs… ».

C'était un adieu bizarre et émouvant, plein de pudeur. Ils s'étaient remerciés mutuellement. Ils savaient leur rencontre féconde et leur estime réciproque. Ils cherchaient tous deux comment se quitter. Une poignée de main virile, une tape dans le dos empreinte de camaraderie, une accolade un peu gauche les corps séparés, quatre bises bruyantes et joyeuses ? Rien de tel.

Pour finir, un silence les avait tenus engourdis l'un en face de l'autre. Puis Elodie les avait rejoints et elle avait fait le lien. Elle les avait attrapés chacun par un bras, balançant sa tête d'un côté de leur épaule puis de l'autre. Ils avaient marché jusqu'à la grille du lycée. Alors Michel(le) s'était détaché doucement, avait franchi le portail seul, et sans se retourner avait agité une main en signe d'adieu.

Cette année-là, Jean avait trouvé sa vocation. Ce laborieux portrait avait été le premier d'une longue série à travers le monde. Il s'était senti investi, porteur d'un message, « l'autre, sa différence, son étrangeté ». Et il avait enchaîné les voyages, dépassé les frontières, changé de priorité, trouvé d'autres sources, focalisé d'autres cibles :

1983. Le Niger. Sa rencontre avec les jeunes nomades Wodaabe, le visage peint, la silhouette gracieuse, savamment décorée.

Berlin 1989. La chute du Mur. 165 kilomètres de rideau de fer descendus à coup de pioches, aidés par des milliers d'Européens. Derrière chaque pierre, un visage, une émotion et pour Jean, quelques centaines de photos, prises dans une frénésie générale, qui avaient marqué ses débuts dans la profession.

1991. Les Philippines. Le volcan Pinatubo réveillé après 600 ans d'engourdissement. 86 000 hectares dévastés par les pluies de cendres. Certains villages enfouis sous une couche de 200 mètres d'épaisseur. Et partout la peur, les visages « tragédiés ».

1992. La Floride. Le cyclone Andrew. Considéré longtemps comme la catastrophe naturelle la plus dispendieuse de l'histoire avant que Katrina à La Nouvelle-Orléans ne batte tous les records.

1994, 95, 96… jusqu'à aujourd'hui... Bagdad, Jérusalem, les Talibans, l'Ouganda… les vieux, les malades, les mères porteuses, les homosexuelles, les criminels de guerre…

Comment respecter les différences, les rendre visibles, petit à petit, photos après photos ? Aucun sujet n'avait été tabou. Aucun visage n'avait été retouché. Aucun chemin n'avait été écarté.

Il n'était plus resté en place.

Mon Dieu ce qu'il avait voyagé !

Jean s'interrompt dans ses pensées. Qu'est-ce qu'il lui prend d'interpeller Dieu comme ça, à tout bout de champ ? Qu'est-ce qu'il a depuis ce matin ? Il traîne son insomnie comme une chape de plomb qui ternit toutes ses pensées. Il n'est pas encore neuf heures et il a l'impression d'avoir déjà vécu mille ans en une matinée.

Il regarde l'heure, secoue la tête, se dessine un sourire et se dirige vers l'ascenseur. Point de chute, le cinquième.

L'ambiance est survoltée, l'open-space saturé. Les bureaux surchargés sont encombrés de photos et des piles de journaux montés en tour de Pise dressent des obstacles sur le chemin. Pas un mètre carré sans papier glacé, sans sonnerie de téléphone, sans silhouettes affairées. De loin, Jean voit la DA en pleine conversation avec un jeune gars. Jean s'approche, elle le reconnaît, lui fait signe d'attendre. Elle pousse vers lui des papiers, décroche simultanément son téléphone. Il comprend qu'il doit lire. En attendant.

« Le 26 décembre 2004, à 7h58 (heure locale), l'institut géologique américain (USGS) détecte dans l'océan Indien un séisme d'une magnitude exceptionnelle, 9 sur l'échelle de Richter. Son épicentre se situe au large de l'île de Sumatra, plus exactement à 250 km au sud/sud-est de la ville de Banda Aceh, à une profondeur de 10 km. L'hypocentre du séisme – ou foyer - se situe quant à lui plus en profondeur, à 30 kms exactement, au niveau d'une région très sensible : une zone de friction entre les plaques tectoniques indo-australienne et eurasienne.

…/….

La libération d'énergie qui a eu lieu le 26 décembre dépasse pratiquement tout ce qui a été observé jusqu'alors : elle équivaut en effet à l'explosion de 30 000 bombes atomiques similaires à celle d'Hiroshima ! La zone du séisme s'est ainsi soulevée brusquement d'une vingtaine de mètres, déplaçant à son tour la colonne d'eau située à sa verticale. Une série de vagues s'est alors formée à la surface : des vagues (500 à 800 km/h), d'une très grande longueur d'onde mais peu élevées.

Pour de nombreux bateaux naviguant en pleine mer, le phénomène est ainsi passé inaperçu. C'est seulement en se rapprochant des côtes que le raz-de-marée ou tsunami s'est formé : en raison de la faible profondeur des fonds côtiers, la hauteur des vagues a augmenté subitement, atteignant jusqu'à 15 mètres dans certaines régions. »

Jean déchiffre les autres pages. Des kilomètres de mots puis des mètres carrés de photos. Il se demande jusqu'où l'amalgame des deux est possible. Sans overdose et sans misérabilisme.

Suit une liste des raz-de-marée de grande importance depuis l'antiquité jusqu'à aujourd'hui. Un récapitulatif vertigineux ! Surtout pour ce dernier siècle.

Le projet semble bien avancé. De quoi réveiller les consciences ou les peurs et donner du grain à moudre aux écologistes.

Chapitre 6

Quand il ressort du journal Le Monde une heure plus tard, le quatuor n'est plus là. Restent le matelas, le sac de couchage grand ouvert, auréolé de taches, la chaise qui, à bien y regarder, n'est plus de paille mais de ficelle grossièrement tissée, le Caddie vomissant une odeur assassine et têtue et quelques mètres plus loin, le Monsieur Motocrotte en zigzag très loin autour du périmètre carré de cette débâcle urbaine.

Jean traverse le campement en apnée, remarque une chaussure de femme, le vernis noir usé mais le talon miraculeusement conservé. Une espèce de châle lacéré qui a dû être jaune tire à présent sur le marron et flotte au vent chaud de la grille d'aération.

Il se souvient que c'est là, la première fois qu'il l'a vue.

Il passait un matin, il y a un mois à peine. Il grelottait de froid, novembre était traversé de pluies quasi quotidiennes.

Elle était couchée sur le dos, les jambes écartées et repliées, talons aux fesses. Elle portait une robe en laine bleue, remontée à la taille. Et surtout elle n'avait pas de culotte.

Son sexe était à la vue de tous et seuls ses poils pubiens rendaient invisibles les parties charnues qu'il n'avait pas eu de mal à imaginer.

Il était resté en état d'hypnose une bonne minute.

Elle était à moitié découverte, offerte au monde et au Monde, dormant comme une souche. Il aurait voulu aller la couvrir, la réveiller, lui parler mais il était resté à la regarder, immobile et glacé avant qu'un de ses congénères ne s'ébroue en ronchonnant et qu'il ne se décide finalement à rentrer au 80 du boulevard Auguste Blanqui.

Quand il en était ressorti, elle n'était plus là, alors il l'avait cherchée.

Le soleil aujourd'hui est insolent. La lumière tombe crue sur la parcelle désolée. L'employé sur sa moto verte roule à grand bruit vers la parcelle et vers Jean. Alors Jean attend. Peut-être que lui saura quelque chose. Où migre la bande à cette heure du jour ? Où sont ses occupants ? Dans quel autre cimetière ? Vers quel avenir ?

« Oh c'est facile, au moins pour l'un d'entre eux. Vous le trouverez au café des Alouettes. C'est là que je prends mon premier café de la journée et lui sa première pinte. C'est à deux pas d'ici, rue de la Glacière. Vous le reconnaîtrez. Il a un tatouage tout le long du cou, une salamandre qui lui court jusque dans le dos. Il n'est pas méchant. Mais c'est mieux si vous y allez maintenant parce qu'après midi, il a l'alcool bagarreur et c'est comme si sa bête le démangeait.

Pour les autres, à cette heure-ci, vous les trouverez autour du métro. Ils profitent de l'heure de pointe pour vendre leur discours contre quelques pièces, une clope ou un ticket restaurant. Et sinon le soir, derrière le Monoprix de la rue Daviel. Ils attendent la sortie des poubelles. Vous ne pouvez pas les louper. C'est l'empoignade à chaque fois. Ils sont de plus en plus nombreux. Ils se ruent là-dessus comme la misère sur le monde. Si c'est pas triste de laisser faire ça ».

Jean remercie Monsieur Motocrotte. Il ne se demande même plus comment les gens savent autant de choses les uns sur les autres.

Il a appris à se taire.

D'habitude, camouflé derrière son appareil, il en profite pour lâcher toute une pellicule. Au $125^{\text{ème}}$seconde, il peut espérer capter l'expression tant attendue. Laisser parler les gens, ça permet d'obtenir l'authenticité, de les laisser être, ne serait-ce qu'un court instant, enfin eux-mêmes, à nu, sans masque ni volonté de paraître.

Au fil des ans, il a dû acquérir une espèce de retenue, de pause qui permet l'écoute et invite à la confidence.

Il en a lu des visages.

Celui de Monsieur Motocrotte avait quelque chose de bon et d'avenant. Nettoyer les rues de sa ville, ça doit multiplier les rencontres et les paysages. Jean se dit qu'il aurait pu, au moins, lui demander son prénom.

Tout en se dirigeant vers le café des Alouettes, Jean ressent une pointe d'excitation. Cette journée prend une tournure bizarre. Depuis cette nuit, les événements s'enchaînent dans une espèce de logique qui lui échappe encore et qui pourtant paraît inexorable. Lui revient en mémoire la phrase sur laquelle il s'est rendormi, et qu'il trouve amusant de plagier :

« *Mais si tu es un jeune Chrétien au cœur d'airain, alors lève-toi, Jean Pictures, et marche vaillamment à la rencontre de ton destin !*».

Le destin, accoudé au comptoir devant un demi bien entamé à 10h30 du matin, se fait appeler le Reptile.

Il lui explique qu'évidemment c'est un surnom, eu égard aux nombreux tatouages qui débordent de son corps. Sur chaque bras, deux serpents enroulés autour d'un sabre. Il relève ses manches et révèle le travail de l'artiste.

« Pour celui-là, le bras droit, j'ai morflé. C'était le premier et pour moi et pour le tatoueur. J'avais quinze ans. C'est du sale boulot qui m'a valu la dernière raclée du père. Après celle-là, je me suis barré alors il ne m'a plus jamais touché. Mais depuis j'ai appris, et si tu veux une bonne adresse sur Châtelet, je connais un type bien. Propre et sûr, parce que tu sais, y a beaucoup de losers qui jouent de l'aiguille comme si c'était un pinceau mais qui savent même pas signer d'une croix au bas d'un chèque ».

Jean sourit et se tait. Et quand Jean sourit, ou ça crispe ou ça séduit. Le Reptile hésite, boit une gorgée et se laisse séduire. Il a le ventre qui se réchauffe et Jean a déjà commandé une seconde tournée.

- Et qu'est-ce tu lui veux au juste à la Zazou ?

Jean prend le temps de tourner le sucre dans son café. Il devine qu'il ne doit rien précipiter, il cherche ses mots et ce n'est pas ce qu'il y a de plus facile.

- Lui montrer des photos. On en avait fait une série il y a un mois. Je devais revenir. Je suis parti en reportage et le temps a passé.

Il sort la photographie de sa poche.

Le Reptile s'en saisit et s'exclame :

- Oh putain, comment que t'as fait ? Elle est belle, là ! Moi j'l'ai pas connue avant, mais il paraît que ça valait le coup. Avec ses frusques et sa tignasse, on ne lui voyait plus rien, juste la hargne à chaque bout de phrase mais j'ai entendu dire, qu'en arrivant, c'était autre chose. Tu voudrais pas m'en faire une à moi aussi ? Enfin de mes tatouages. Dans le dos, j'ai un grand voilier, c'était mon rêve d'être marin… les copains pour blaguer, ils disent toujours que j'en mène pas large, mais la vérité c'est que…

Jean écoute. Le Reptile s'interrompt. Il semble buter sur un souvenir. Il lève son verre, le finit d'une traite, grimace et de nouveau regarde Jean. Comme s'il revenait d'un long voyage. Brisé par la distance et toutes les tempêtes traversées.

Jean le dévisage.

C'est vrai qu'il a l'air jeune. Les joues creuses et les yeux vitreux mais dans un autre contexte, un autre monde… une belle mâchoire carrée, des dents jaunes mais régulières, de beaux yeux plutôt intelligents, un nez fin. Clicher des tatouages, il ne l'avait encore jamais fait mais pourquoi pas.

Alors Jean relance :

- Aujourd'hui je n'ai rien sur moi, mais si tu veux, plus tard… je retrouve la Zazou, c'est ça - Jean bute sur le prénom, cette fille n'a rien à voir avec une Zazou - je pense que c'est possible. Un micro-reportage sur l'art de se « scriber » la peau… ou comment se raconter sans parler.

Jean se souvient qu'elle lui avait donné son prénom, en passant, vite fait, au milieu de son histoire. Mais pour Jean, elle était La Femme Nue. La femme qui lui avait offert sa féminité avant tout le reste. Qui avait ouvert ses cuisses au monde et que le monde avait snobée. Et pour Jean, une telle femme ne s'appelait pas. Il avait toujours pensé Elle avec un grand E. Alors la Zazou, c'était bizarre. Sûrement un nom de rue, un nom de scène, un nom d'emprunt.

Le Reptile, un doigt triturant le piercing qui lui barre l'arcade sourcilière, l'autre accroché à sa pinte, semble réfléchir et finit par lâcher :

- La Zazou c'est pour Isabelle mais elle voulait pas qu'on le sache. Elle disait que ça faisait ringard. Y'a que Le Poilu, le mec barbu qu'était là ce matin qui savait son vrai prénom. Un jour qu'il était trop fait, il a craché le morceau et je peux dire qu'elle lui a fait passer un sale quart d'heure. C'est une chic fille la Zazou, un peu allumée, rapport à tout ce qu'elle prend mais une chic fille. Ça fait plusieurs jours qu'elle a décampé. Ça lui arrive parfois. Mais elle revient toujours. T'as cherché au square, près du lycée ?

Jean comptait s'y rendre. Il sourit, se souvient. Un silence s'installe qui fait partie du dialogue, qui laisse le temps.

Le Reptile a replongé dans son verre. Il sait que le mec va partir. Faudrait qu'il trouve un autre truc à raconter, il a bu sa dernière gorgée, il resterait bien au chaud une petite demi-heure de plus.

Jean redresse la tête au même moment et en une fraction de seconde saisit ce qui se trame dans la tête du jeune gars. Il pose un billet de vingt euros sur le comptoir, tend une main au Reptile et lui sourit.

- Je crois que t'as raison, je vais y aller. Tu me gardes des bêtes au chaud, tu gonfles la voile… et quand je repasse dans le coin, on se fait une pellicule.

Combien de fois en vingt ans, il a déjà promis ça ?

Le square n'est pas loin. Juste au bout de la rue, à droite, après la librairie qui fait l'angle. Un jardin avec une aire de divertissement pour enfants, du sable, des jeux d'escalade, des bancs, deux allées arborées, des lycéens, des retraitées, des oisifs, un jeune couple, des mères, beaucoup de mères et des enfants, beaucoup d'enfants. Qui crient, qui courent, qui hurlent, qui s'essaient à la vie.

C'est là qu'il l'avait vue pour la seconde fois. Sur un carré de pelouse, assise en tailleur, près de la marmaille. Avec sa robe en laine bleue, cette espèce de châle jaune-marron roulé autour du cou, ses escarpins noirs. Mal fagotée, triste et seule.

Elle nouait des bouquets d'herbe. Plusieurs brins qu'elle liait avec un autre plus grand et plus épais et au milieu desquels elle glissait une fleur ou une feuille. Elle les étalait devant elle, elle les rangeait, les caressait. Il n'aurait pas su dire si elle leur parlait mais il était sûr qu'elle s'en occupait, d'une certaine manière, qu'elle était en contact.

Il avait été fasciné.

Il s'était assis sur le banc en face d'elle et il l'avait regardée longtemps. Sans parler, sans se cacher, comme s'il voulait faire partie du paysage et qu'elle s'habitue.

Il était revenu le lendemain et le surlendemain, le doigt tétanisé sur le déclencheur. Et à chaque fois, elle reprenait ses compositions florales, qu'elle étalait devant elle, qu'elle caressait et qu'elle finissait par abandonner, sans se retourner, deux heures plus tard.

Il ne l'avait jamais suivie. Il ne savait pas où elle allait. Retrouver son quatuor certainement. Boire, s'abîmer, tuer la poésie, l'innocence et le courage de vivre pour s'effondrer, jambes écartées, sa féminité bée à tous les vents, souillée du regard des passants, de Jean surtout qui tenait là une photo, qui, s'il l'avait prise, aurait pu faire la une de tous les journaux.

Pourquoi ce jardin, cette pelouse, ces herbes mêlées, ce visage dénué d'expression qui n'accrochait rien en apparence mais qui, aussitôt le jardin déserté, devenait plus livide encore ?

Un air mauvais dans le regard, un pli à la commissure des lèvres qui n'existait pas deux heures plutôt. Une brusquerie dans les mouvements quand elle se déplaçait, décidée à rejoindre au plus vite cet autre part qui l'appelait.

Elle avait été si douce et tranquille, à cueillir une à une ses herbes, à choisir une feuille, à nouer des boucles et à recommencer, le geste lent et précautionneux.

Si un enfant s'approchait, elle tendait le bras, offrait le dernier bouquet mis en gerbe. Elle ne souriait pas mais tout de même Jean avait l'impression que quelque chose s'allumait.

Une petite flamme, une gaieté, un espoir.

Les mères semblaient s'être habituées. Elles la connaissaient. Jean avait entendu des commentaires « Oh non elle n'est pas méchante disait l'une… elle vient tous les jours tricoter ces espèces de bouquets, elle ne dit rien… elle n'approche pas les enfants… faut pas vous inquiéter… c'est rien qu'une pauvre fille… oui mais elle a l'air si jeune, répliquait une autre…. si c'est pas triste quand même… et toujours cette vieille robe, elle n'a pas froid ?... et puis elle sent mauvais… pour les petits… c'est que ça chope n'importe quoi à cet âge… ».

Au troisième jour, les mères et les enfants partis, Jean s'était approché et juste avant qu'elle ne se levât à son tour, prompte et belliqueuse comme à chaque fois à cette heure, il lui avait demandé doucement :

- Est-ce que vous les vendez ?... je veux dire, est-ce que je peux vous en acheter un ? Il y a deux jours que je vous regarde, je vous ai vu faire, je suis photographe…

Elle n'avait pas été surprise. Elle l'avait regardé droit dans les yeux et elle avait répondu tout simplement :

- Oui, je sais.

Elle s'était rassise, l'invitant par ce geste à faire pareil. Jean avait pensé qu'elle l'attendait, qu'elle savait qu'il viendrait. Elle se tenait prête, en avance sur lui. Peut-être qu'elle l'avait pris pour un journaliste et qu'elle avait pensé pourquoi pas, après tout.

D'un seul coup, redevenue droite et fière, elle avait continué de le regarder. Elle n'avait pas souri, mais comme avec les enfants, Jean avait senti que quelque chose s'animait. Alors, lui, avait souri. D'une joue à l'autre, comme il savait le faire, convaincu. Les femmes aimaient son sourire.

Une porte allait s'ouvrir et des tas d'images allaient jaillir, toute une vie d'images. Une foule d'émotions en gestes suspendus, en retenue, en regards baissés ou tendus au loin, en silence, en corps mouvants. Main dans les cheveux, crâne que l'on gratte, jambes que l'on plie et replie, position que l'on change, profil droit ou gauche.

Il était prêt, sûr de lui, agrippé à son fidèle destrier, un Leica M8, dernier né de la gamme.

Il avait demandé, en soulevant son instrument et en faisant mine de prendre une photo :

- Je peux ?

Alors, pour la première et unique fois, elle aussi avait souri. Avec ses yeux, sa bouche et ses dents. Avec cette espèce de lueur dans le regard, comme si à ce moment précis, elle venait de gagner quelque chose.

- C'est pour ça que vous êtes là, non ?

Et il avait eu le réflexe, l'instant magique. La Photo. La vie toute reconstituée au 125e de seconde. Cet instant pur et parfait entre tous pour lequel il avait mis sa vie en voyage, son cœur en bandoulière et son appartement en résidence secondaire après les hôtels, les halls d'aéroports et les heures interminables de solitude au milieu de la vie des autres.

Au cœur de ce visage tenu serré, et qu'il verrait les deux heures suivantes, ruiné de douleur, noyé de larmes, grimaçant de révolte, secoué de spasmes, traversé de rictus, Jean avait vu la Vie. La même que celle qui sortait d'entre ses jambes un matin d'hiver. La vie nue, offerte, totale, sans retenue. Avec un grand V comme dans victoire.

Ce qu'il avait conservé en mémoire de son histoire était griffoné au dos de cette photo qu'il protégeait depuis ce matin sans vraiment bien savoir pourquoi.

Elle avait 16 ans et lui 25. Il s'appelait Friedrich, jeune touriste allemand à Paris. Le temps d'un été, d'une virée à la campagne et de deux trois mots traversés d'accent et susurrés à l'oreille : « Du bist meine kleine Blume, vergiss mich nicht » en lui tendant un myosotis fraîchement cueilli. Le temps d'apprendre à faire l'amour et de tomber enceinte. Une expression justifiée. Comme on tombe à genoux sous le poids d'un péché trop grand pour soi. Friedrich déjà reparti, qui n'avait rien su, qui n'avait rien promis non plus. Son bel amant. La fuite de chez ses parents, des boulots minables, la rue, la première gorgée parce qu'elle réchauffe et les suivantes. Jamais suffisantes. La première ligne pour l'oubli et les suivantes. Par besoin. L'enfant qui s'en va un matin, en urinant, tout simplement. Le sang, la honte et la douleur. Trois jours en hôpital sans jamais donner son nom. Isabelle, qu'est-ce qu'il te reste d'un prénom qui n'a pas tenu sa promesse ? Trop moche pour vivre. Juste souffrir. Souffrir de ce petit qu'on n'a même pas su garder, souffrir à devenir folle. Le Poilu qui un jour vous offre un coin de bitume, le Reptile qui ondule sur le chemin, le Monde à ses pieds, le ventre vide, le sexe bafoué. Restent les enfants des autres. Dans un jardin. Paradis perdu. De loin, pour se faire mal. Pour justifier la came et toutes ces heures à vivre pour rien. Un reste d'humanité dans trois herbes nouées. Un curieux. Une photo, deux photos, dix photos. Tu ne t'es pas privé. Voilà, tu sais, tu as vu, tu peux partir maintenant.

Vergiss mich nicht, en allemand « ne m'oublie pas » , autre nom du myosotis.

Jean avait promis de revenir. Puis les jours étaient passés qui avaient fait des semaines et les semaines ce début d'hiver.

Le jardin est désert. Elle n'y est pas. Il s'est assis, sur le même banc, à la même place qu'au premier jour, puis il a attendu. Et il s'est souvenu. À présent il a froid. Dans sa poche intérieure, son portable vibre. C'est Mathilde. Il regarde le prénom défiler sur l'écran, il ne décroche pas.

« Mathilde, mon amour, dans quel monde je vis ? Qu'ai-je fait ? Que suis-je devenu ? ».

Il voudrait répondre, entendre sa voix prononcer son prénom, mais il laisse le répondeur se mettre en route. Elle a raccroché avant. Elle a dû hausser les épaules, se dire « quel con ! » et puis repartir à ses occupations. Maintenant elle ne l'appellera plus.

Alors il se lève, retourne au café des Alouettes, d'où le Reptile a pris la tangente, commande une bière et appelle Henri. Plusieurs sonneries et la voix enjouée de son ami, le seul depuis bientôt trente ans.

- Non mais je rêve… c'est bien toi, mon Jeannot ?… ça fait un bail. T'es dans le coin ? T'as le temps de déjeuner ?

Jean sourit et pense : toujours aussi survolté et heureux. Merde, ça fait du bien quand même de l'entendre.

- Quatre fois Oui pour faire court. À toutes tes questions. On se retrouve chez l'Américaine ?... Dans cinq minutes…

- Ok. Le dernier arrivé paie l'addition.

Il sait déjà qu'Henri va courir pour ça. Non pas pour se faire inviter mais pour gagner. Tout simplement. Parce qu'il aime les défis, la compétition, le challenge. Et surtout parce qu'il n'aime pas perdre. Sûrement pour ça qu'il a choisi d'être flic. Etre toujours le plus fort, avoir la loi pour lui, jouer à cache-cache. Enfantin dans le raisonnement mais efficace dans l'action.

Tous ces jeux qu'ils s'inventaient ados pour séduire les filles. Un été, c'était dix nationalités différentes qu'il fallait avoir au moins embrassées une fois. Un autre, c'était le choix de la coiffure. Courte, longue, bouclée, brune, rousse, blonde, avec nattes, sans nattes et même rasée.

Henri avait toujours gagné, juste parce qu'il ne pensait pas qu'il puisse perdre. La dernière année de lycée, Jean était tombé amoureux d'Elodie, Henri lui, avait osé mettre la prof de philo dans son lit. Et l'y garder toute l'année. Après ça, ils avaient grandi et la vie avait tracé ses routes.

Chapitre 7

Le rendez-vous, Chez l'Américaine, est une brasserie tout à fait ordinaire qui porte encore l'enseigne du dernier patron « Le Monaco ». Située à l'angle de la rue du Champ de l'Alouette et de la rue Vulpian, elle est devenue leur fief depuis qu'Henri habite le quartier.

Quand Jean arrive, son ami est déjà là à plaisanter avec la patronne. Une femme ronde et généreuse, à la poitrine prodigieuse, l'accent californien claironnant :

- Ah, ah, je me disais aussi. Quand je vois le flic se radiner comme un cow-boy à toute vitesse, c'est que le voyou n'est pas loin. Vous allez bien mes garçons ?

Les deux garçons la dévisagent l'œil espiègle, lui prennent chacun une joue entre les doigts, tirent dessus, la relâchent puis l'embrassent. Eux ne s'embrassent pas. Ils se sont tout dit en la taquinant, ils se sont touchés par la complicité retrouvée. La pudeur est un lien si puissant. Si vulnérable aussi.

Jean et Henri se dirigent au fond de la salle, prennent d'office une table pour quatre, commandent une bouteille de vin, deux plats du jour et laissent au silence le temps pour chacun de penser à la première phrase.

Henri craque le premier, comme toujours.

Jean le sait. Il attend.

- Et donc ?... Alors ?... Quoi de neuf ?

Jean sort la photo de sa poche, la pose devant son ami et attend. Encore.

Il y a longtemps qu'il ne fait plus de fausses manières. Ils parleront du superflu quand l'essentiel aura été nommé, soulagé, apaisé. Il demande :

- Tu la connais ? Je la cherche. Elle squatte sur le boulevard, en dessous du métro, face au Monde.

- Toujours aussi direct, tu ne t'améliores pas. Avant au moins tu disais bonjour. Tu sais que le langage est né avant la photographie ? Puis jaugeant la photo d'un œil averti :

- Encore une de tes modèles ? Je croyais que tu ne faisais plus dans la mode… c'est pour un casting chez Emmaüs ?

Jean sourit et spécule, intérieurement.

« Vas-y mon pote, joue-la-moi morale, fais le bon flic, même pas peur. Je te connais bien, t'as déjà mordu à l'hameçon, j'l'ai vu dans tes yeux, à l'instant même où j'ai sorti la photo… ton petit nez de fouineur s'est mis à bouger. Si chaque fois je ne t'amenais pas une prise, tu crèverais d'ennui et de rage de ne pas me montrer l'étendue de tes pouvoirs, les mille et un tours que tu as dans ton sac et la preuve de ton incroyable efficacité.»

- Écoute a priori, je te répondrais non mais tu sais y a longtemps que je ne rubrique plus les faits divers. Si tu veux, je me renseigne en sortant. Ton modèle, il a un nom ou quelque chose de similaire ?

- Isabelle surnommée la Zazou. Deux jambes superbes, un sexe pas farouche, une histoire à dormir dehors et un sourire qui rattrape tout le reste…

- Génial. Et qu'est-ce que tu lui as fait, promis, pas tenu… pour que j'aie le plaisir de déjeuner avec toi ?

Le visage de Jean s'est assombri. Il est las tout d'un coup. Plus envie de jouer, plus la force. Il regarde Henri. Qu'est-ce qu'il pourrait répondre ?

Henri embraye :

- D'accord, je vois, tu es dans un grand jour… une autre femme là-dessous, je suppose ?

Croyant lui sauver la mise:

- Et qu'est-ce que tu dirais de venir ce soir dîner à la maison ? Tu sais qu'on fête les dix ans de ton filleul aujourd'hui. Ne me dis pas que tu as oublié ? J'ai d'ailleurs pensé que tu m'appelais pour ça…

Alors Jean bascule. La fatigue ou le vin ou les deux le font chavirer. Sous le regard compatissant de son compagnon de table, il craque. Et tout remonte. De très loin. Il n'a rien oublié.

Les mots s'évadent enfin de lui.

Dix ans !

Lui aussi, un jour, a eu dix ans.

Pour la première fois, son père était venu le chercher à la sortie de l'école. Sa main ferme tenant la sienne, il l'avait conduit sans un mot jusqu'à l'hôpital. On était au tout début de l'été. Le soleil irradiait.

Ils avaient pénétré dans un bâtiment qu'il ne connaissait pas. Un bâtiment étrangement silencieux, qui paraissait vide et dans lequel il a eu froid. Instinctivement. Une femme tout en blanc était venue les accueillir. Elle avait salué son père dans un chuchotement, il lui avait répondu d'un mouvement de tête, puis elle avait regardé Jean avec beaucoup de gentillesse, et Jean avait souri.

Elle les avait accompagnés le long d'un couloir aux murs nus, s'était arrêtée devant une porte, l'avait ouverte et s'était effacée pour les laisser pénétrer. La pièce était carrée, immense et blanche aussi. La femme ne les avait pas suivis, s'en était retournée. Sans comprendre pourquoi, Jean avait été tenté de la suivre, mais son père avait serré sa main plus fort, il avait senti ses phalanges s'entrechoquer et la douleur le surprendre.

Il avait vu le lit avec une forme dessus. Une chaise à côté. Et rien d'autre. La douleur avait continué de proliférer, contenue entièrement dans la main de son père qui lui pétrissait les doigts. Comme on serre et desserre le poing sur la petite balle de couleur que l'infirmière tend au moment de la prise de sang pour irriguer la veine et maintenir la pression. Il avait levé les yeux vers son visage pour chercher une réponse, son père avait broyé sa main plus fort encore, respiré bruyamment et Jean avait vu qu'il pleurait. Il l'avait suivi jusqu'au centre de la pièce, la gorge nouée, les yeux écarquillés. Devant le lit, ils avaient stoppés net. Jean avait observé et pendant un instant, n'avait pas compris. Il avait eu du mal à le reconnaître. Le visage de son frère dépassant de dessous un drap blanc, étendu sur le lit, Peluche posé à la droite de son crâne.

Ce qui avait maintenu Jean dans l'illusion un tout petit moment, c'était la douceur, l'apaisement, presque le bien-être qu'il lisait sur le visage de son frère. Il n'y avait plus les signes de la souffrance sur ses traits. Il paraissait détendu, tranquille et juste profondément endormi.

Et pourtant, l'espoir n'avait pas duré. Il percevait dans son dos la raideur de son père, sa mère aurait dû être là, et tous les autres aussi, toutes les blouses blanches et le bruit rassurant de leur continuel va-et-vient.

Au moment de comprendre, quand il avait tendu le bras pour caresser la joue de son frère et senti la rigidité mortifier son geste, la douleur avait explosé partout en lui. Elle avait franchi les barrages de sécurité de la main de son père, descendu dans ses jambes, remonté dans sa poitrine, envahi ses yeux, noué sa gorge, étouffé ses poumons.

Elle avait pris le pouvoir et Jean n'avait rien pu faire d'autre que de s'y soumettre.

Son frère avait cessé de vivre.

Enfin libre, dehors, sorti de sa bulle, mais mort.

Son double, inaccessible et mystérieux qu'il n'avait jamais connu que derrière les masques, les blouses, le plastique, et dans les chambres aseptisées, était mort. Sans lui laisser le temps d'un mot, d'un contact, d'un regard. Sans l'avoir jamais vraiment rencontré, touché, senti, respiré.

A qui il avait promis, s'il guérissait, une vie de jeux et de bêtises. Parce que seul, à tout inventer tout le temps, ce n'était pas drôle.

Et qui à présent n'entendait plus rien. Ni les cris de Jean pris de panique, ni les sanglots étouffés de son père, ni le silence imposant de la fatalité qui les avait prostrés tous les deux pendant de longues minutes. Avant que sa mère ne les rejoigne et que Jean ne s'effondre dans ses bras, inconsolable.

Plus tard, il se revoit, assis à l'église, au milieu de ses parents. Chacun pesant sur ses épaules et déversant des larmes plus lourdes que sa propre peine. Puis au funérarium quand le petit cercueil avait glissé et que personne ne l'avait retenu. Jean avait vu les premières flammes lécher le bois blanc avant que la porte ne se referme.

Elles dansaient encore devant ses yeux quand l'urne était apparue quelques jours après sur le meuble de la salle à manger.

La bougie à droite, le ruban bleu à gauche.

Ses espoirs partis en fumée. Les cendres de son enfance.

Henri est estomaqué. Le sifflet coupé et une seule phrase qu'il répète dans un murmure :

- Tu as un frère ? Depuis quand ?

Il y a longtemps que Jean n'a pas calculé. Les dates laissent des empreintes, s'accrochent au calendrier et se muent en anniversaire. Jean a toujours voulu occulter celui-là.

Il rectifie « J'avais un frère » puis se tait.

Henri ne le quitte pas des yeux. Il est abasourdi par cette révélation. Partagé entre le sentiment égoïste d'avoir été trahi toutes ces années dans le silence, et le secret et la compassion qu'il éprouve aussitôt. La douleur qu'il perçoit chez Jean est comme un gouffre béant. Un abîme resté refoulé et insoupçonnable et au bord duquel Jean a dû lutter souvent pour ne pas tomber.

C'est comme si d'un coup Henri comprenait ce qui l'avait toujours laissé perplexe : ses coups de gueule, ses silences, ses impatiences, ses fuites, son indépendance, ce foutu appareil derrière lequel il passe tout son temps. Ses mots qu'il lâche au compte-gouttes, ces femmes qui ont traversé sa vie sans jamais la partager.

Pourquoi il est si peu présent depuis la naissance de son filleul, pourquoi il se tient éloigné de son foyer, pourquoi il ne vient presque plus jamais.

Et surtout pourquoi enfant puis adolescent, Jean n'avait jamais voulu que Henri s'invite dans la maison de ses parents. Pourquoi tout était toujours dehors, ailleurs.

Et il lui en veut de ce silence, de ce secret jalousement gardé, de ce manque de confiance. Comme si toutes ces années d'amitié n'avaient été qu'une grande mascarade. Comme si tout ce qu'ils avaient vécu était faux.

Et lui, Henri, comment a-t-il pu être à ce point naïf, si peu attentif ? Comment a-t-il pu se laisser berner ? Lui, le flic à qui rien n'échappe, intuitif et méfiant.

Entre le ressentiment et la peine, Henri se débat. Sa tête est un volcan. Le feu couve, mais au lieu de paroles et de reproches, ce sont les larmes qui viennent. Jean en face se tient la tête entre les mains. Il n'a plus rien à dire, de nouveau buté dans son mutisme.

Soudain, Henri se soulève de son siège, se penche par-dessus la table, l'attrape par le cou et dans un hoquet, souffle :

- Merde mais pourquoi, pourquoi aujourd'hui ? Qu'est-ce qui se passe ?

Jean redresse la tête, affronte le regard d'Henri et répond :

- Je ne sais pas… je ne sais plus… c'est compliqué…

Et il lui raconte. Le cauchemar de la nuit : Dieu, la femme et l'enfant. Son insomnie. Le reflet de son père dans le miroir. La photo oubliée. Le mail de Franck. Et les attentes de Mathilde.

Mathilde, si différente de toutes les autres femmes. Celles qu'il a cru aimer avant. Qui lui étaient attachées, presque dépendantes. Et qu'il a pu quitter, sans regret. Sans risque de souffrir. Pas parce qu'elles ne demandaient rien, mais parce qu'elles acceptaient tout.

Ses absences, ses silences, son non-désir d'enfant, son besoin de liberté, sa quête perpétuelle… comme s'il existait une photo, une seule qui soit à la hauteur de son exigence !

Mathilde, elle, est plus libre, plus forte, plus autonome. Elle avance, elle ne l'attendra pas. Si Jean ne choisit pas, ne s'engage pas, elle partira. Elle ne se sacrifiera pas. Son mail, ce matin « Est-ce que tu as réfléchi ? », ça voulait dire tout ça.

Est-ce qu'il sera capable de la rejoindre, de traverser les ponts, d'affronter ses peurs, de prendre le risque ? D'arrêter de fuir ? De faire grandir l'orphelin en lui ? Est-ce qu'il en a envie ?

Voulant dédramatiser, Henri demande :

- Nom, prénom, date de naissance, profession, numéro de sécu ?

Jean arrêté en pleine flagellation, le fouet de la question suivante en suspens, s'étonne :

- Hein… pardon ?

Henri s'explique :

- En cherchant bien, je pourrais trouver quelque chose qui la fasse tomber de son piédestal ta Mathilde ? Pratique de la magie noire, séquestration de vieux en fin de vie, pickpoket professionnel, serial killeuse sur l'autoroute de l'Est dans les années 90… sait-on jamais ? Tu sais que les princesses n'existent plus ? Et les princes non plus d'ailleurs… l'homme parfait est un mythe et les femmes le savent aujourd'hui….tu te poses trop de questions, l'ami…

Puis redevenu sérieux et parce qu'il sait que derrière l'arbre tordu se cache toujours la forêt des mille et une vraies raisons, il tente le tout pour le tout :

- Et une photo de ton frère… tu en as une ?...

Henri regrette aussitôt sa brutalité puis se ravise. Dans les yeux de Jean, il lit la panique et voit s'effacer derrière une mâchoire crispée, le sourire qu'il avait réussi à ranimer. Un silence plombé dresse un mur entre eux. Le regard d'Henri ne quitte pas Jean. Ce dernier le soutient avec dureté. La tension est palpable et fait douter Henri. Et pourtant, Henri a connu pire en interrogatoire. Il est conscient de lui faire violence mais il sait aussi d'expérience que les aveux libèrent. Il n'est pas fier pour autant. Toutefois, il est convaincu qu'une occasion comme celle-ci ne se représentera pas. C'est une brèche, il faut s'y engouffrer avant que Jean ne referme à jamais la porte qu'il a bien voulu ouvrir.

Il fixe Jean. Il veut paraître maître de lui mais sans arrogance et avec compassion. Au fond il est ému.

Il joue sa dernière carte :

- J'ai besoin de savoir, de voir pour comprendre… j'ai toujours cru que c'était moi ton frère, ton poteau.

Une émotion qu'il croyait être incapable de ressentir traverse sa voix. L'accent de la sincérité. Il est surpris lui-même. Merde mais je suis jaloux ! Non mais quel con !

Jean glisse la main dans la poche intérieure droite de son blouson, sort un portefeuille en cuir noir et l'ouvre.

- Je suis désolé, je n'ai que celle-là… je n'ai jamais eu que celle-là, dit-il en tendant à Henri une photo au format carré toute racornie sur les bords et striée de rainures noires au dos.

Aussitôt Henri blêmit, baisse la tête, fixe longuement le petit carré de papier. Quand il se redresse, des vagues dansent dedans ses yeux. C'est la seconde fois qu'il pleure devant son ami.

Jean complète :

- Je ne l'ai jamais tenu vivant dans mes bras, mon petit frère. Quand pour la seule et unique fois, je l'ai embrassé, il était mort. J'ai posé ma main sur son front, sa peau était douce mais dure. Je lui ai parlé, il ne m'a pas entendu, pas répondu. Je l'avais en face de moi pour la première fois et rien de ce que j'avais pu imaginer ne s'est passé. J'avais dix ans et lui quatre, j'attendais ça depuis le début. Dès la naissance, ils l'ont mis sous bulle. Sous clé. Sous protection. J'aurais voulu le serrer fort, au moins une fois, qu'il mette ses bras autour de mon cou, qu'il rie aux éclats, que je le fasse tourner, qu'il touche ma peau, que je l'entende respirer, que je le sente, charnellement, une fois au moins, en vrai. Mon seul contact avec les enfants est celui d'un cadavre. Je ne sais pas si j'arriverai à être, ne serait-ce qu'un jour, un bon parrain pour ton fils. Tous les rires d'enfants me blessent, leur odeur m'écœure, leur sourire me taillade. Je leur en veux d'être vivants, ils lui ressemblent tous et pourtant aucun ne sera jamais lui. Il était si extraordinaire, si courageux…

Henri l'arrête d'un geste. Une main qu'il lève à hauteur de visage pour dire stop et d'une voix qu'il sait chevrotante, répète plusieurs fois :

- Pardon, je suis désolé, pardon.

Ils vident ensemble un verre de vin puis un second. Ils ne parlent plus. Se regardent, émus. Et restent longtemps ainsi.

Le silence petit à petit devient plus léger.

Il y a des années que Jean et Henri n'ont pas parlé de la sorte. Il se peut même que ce soit la toute première fois.

Ils se rencontrent enfin. Plus personne n'a rien à prouver, à protéger, à perdre. Quand ils se quittent sur le trottoir, une heure et demi plus tard, ils le savent et en sont fiers.

Ils sont amis.

Chapitre 8

Jean retourne au jardin. Il sait que la femme, la Zazou, n'y est pas. Il ne la cherche plus. Henri, lui, la trouvera. Il a juste besoin de marcher.

Sans même y jeter un œil, il dépasse l'aire de jeux, le bac à sable, les tables de ping-pong et les balançoires. Il entend des cris d'enfants mais refuse de les voir.

Le square comprend une allée médiane avec au centre, un sous-bois divisé en bosquets. Jean reconnaît des sycomores et des frênes et, sur le pourtour du jardin, des charmes et des cèdres bleus.

Quelques pies bavardes s'égaient çà et là. Il sait qu'en période de nidification, elles nichent au sommet des arbres. Il lève la tête mais n'en découvre aucune.

Il se dirige vers l'allée de droite, elle paraît déserte. Il peut se laisser flotter, s'entendre réfléchir. Pas longtemps. Jusqu'à ce que son téléphone vibre à nouveau. C'est un numéro caché. Jean se rétracte mais décroche quand même. Mathilde ne lui ferait pas un coup pareil.

- Oui allô !... oui c'est moi.... oui je comprends... Quand exactement... et où ?…oui très bien… non, non, ça va aller, merci… oui… à bientôt.

Jean raccroche, regarde son portable qui semble s'être métamorphosé d'un coup en un énorme point d'interrogation. Il le range au fond de sa poche, lève les yeux au ciel et soupire.

Manquait plus que ça !

C'est tout ce qu'il trouve à penser « manquait plus que ça ! ». Comme si cette journée ne pouvait plus le surprendre, comme si il était écrit que ce serait cette journée-là et pas une autre.

Enfoiré d'Emile, va ! L'oncle Emile, le grand, l'original, le fou furieux oncle Emile. Terrassé par la foudre, cette nuit, en pleine montagne. Il vient de recevoir la nouvelle comme un flash. Il n'est pas triste. Il est bluffé. Et presque heureux.

Jean pense, non sans sourire, qu'il n'a pas dû ménager ses efforts le salaud. Si réussir sa vie prend du temps, réussir sa mort relève du grand art. Terrassé par la foudre, quel génie ! Et quoi d'autre sinon ? Qu'est-ce qui aurait pu l'arrêter ?

Quatre-vingt-cinq ans, quatre mois et six jours s'il calcule bien. Pour sûr qu'il y a mis le temps. Et l'énergie.

Trois femmes, cinq enfants, une quinzaine de petits-enfants et le double au moins en ricochets. Sans compter ses maîtresses, mais ça, personne n'a jamais pu le prouver.

L'Emile a encore frappé. Une énième fois pour ne pas dire la dernière parce qu'avec lui, même posthume, on ne sait jamais.

L'enterrement aura lieu samedi, Jean sait déjà qu'il n'ira pas. Toute son existence, l'oncle Emile a côtoyé des gens qui ont passé leur temps à inscrire sur leurs cahiers de rancunes la liste des innombrables dommages collatéraux qu'une vie comme la sienne n'avait pas manqué d'entraîner. Les voir réunis le jour de ses obsèques et les entendre déblatérer hypocritement, non merci, sans façon ! Il préfère se repasser les films tout seul. Dans un coin de sa tête. Il n'a ni à pleurer ni à regretter.

Une des dernières conversations qu'ils aient eue remontait à six mois peut-être. L'été dernier, un soir, place d'Aligre. Dans un de ces bars à vins bondés et bruyants que son oncle dénichait toujours et qu'il avait plaisir à faire découvrir.

Ils avaient partagé une assiette de foie gras autour d'une bouteille de cadillac. Et ils avaient parlé, jusque tard. Son oncle prétendait que le tumulte environnant favorisait l'intimité. À l'en croire, le brouhaha protégeait du sérieux que donne le ton de la confidence quand rien ne bruit et que le moindre battement de cœur fait l'effet d'un monitoring poussé à fond. L'épaisseur du bruit protège, atténue, isole. On peut tout dire dans le bruit. Un reproche ou un compliment a moins d'impact que si on n'entendait que lui. Il faudrait toujours prendre les grandes décisions dans le bruit. Sentir qu'elles font partie d'un tout et espérer ainsi les désacraliser.

Peu convaincu, Jean avait pourtant opiné du chef, lui qui était un solitaire accompli, recordman du monde en concerts de silence.

Il avait avoué :

- Tu n'es qu'un vieil original et qui plus est, heureux. Comme j'aimerais te ressembler ! Tu sais, c'est grâce à toi que je ne suis pas devenu fou, grâce à tes allers-retours dans ma vie, tes histoires, tes cadeaux… ta fantaisie.

Et l'oncle Emile de s'indigner :

- On ne naît pas original, tu sais, on le devient comme on devient alcoolique, voyou ou SDF. Pour cacher une blessure. Je n'ai jamais rencontré quelqu'un qui n'ait une douleur à fuir et encore moins un original.

Méfie-toi des apparences, le bonheur est souvent moins poli qu'on ne le pense.

- N'empêche…

- N'empêche quoi ? Ah je sais à qui tu penses. Tu juges par comparaison. Tes parents ? Ils n'étaient peut-être pas des originaux mais ils ont résisté... à la mort de ton frère, toutes leurs énergies étaient mobilisées, ils ont trouvé en toi le courage de continuer. C'était un défi autrement important. Ils ont su ne pas te laisser tomber et même si cela paraît injuste, ils auraient pu. Ils n'ont plus jamais été les mêmes mais ils ont été là…

- Et toi aussi tu as été là, tu les as bien aidés et moi aussi. Ta vie est un vrai roman.

- Un vrai roman ! Un mauvais polar oui. Jean, tu es grand maintenant, tu veux que je te dise la vérité… ».

Jean a dû parler à voix haute, sans s'en rendre compte. Il est arrivé de l'autre côté du parc où s'étend un espace occupé par des bandes de gazon. Au centre se dresse un obélisque flanqué de quatre gloriettes.

Il vient de croiser une femme qui pousse un landau et qui l'a regardé bizarrement. Un enfant marche à ses côtés. Un garçon de quatre ou cinq ans peut-être. Le soleil en oblique projette à ses pieds une ombre plus grande que lui et il l'entend s'exclamer « Regarde maman, je suis en train de grandir ».

Il se retourne. La femme a passé ses mains dans les cheveux de l'enfant et a répondu « Mais c'est vrai ça, ce que tu es grand aujourd'hui ! ».

Jean les regarde s'éloigner, main dans la main, confiants.

Pris de vertige, il inspire un grand coup, expire bruyamment et serre les poings. Comme s'il voulait retenir dans ce geste tout ce qu'il refuse de laisser déborder.

Il se souvient très bien du jour où il s'est senti grandir. Enfin. C'était deux ans après la mort de son frère. Ils étaient tous réunis pour fêter ses douze ans. En remplacement de Peluche, L'oncle Emile lui avait offert son tout premier appareil photo.

Peluche était le jouet doudou qu'il avait partagé avec son frère pendant les quatre années de sa courte vie. À qui on pouvait tout demander. Très fort en imagination et en réponses en tous genres. Il était roux, le ventre rond, le poil usé mais l'intelligence vive. Son unique œil lui conférait cette qualité entre toutes. Il l'avait perdu lors d'une bataille mémorable, un jour de grand découragement où Jean avait perdu espoir de voir son frère sortir de bulle et où il avait pleuré. Il lui avait arraché un œil. Cet éborgnement ne s'était pas accompli facilement. Il avait dû se débattre avec les fils, l'œil n'était pas collé mais cousu.

Après s'être acharné sur Peluche, il avait demandé à sa mère de lui confectionner un bandeau de pirate pour cacher la blessure et ôter la douleur. Il voulait que son frère le reconnaisse comme lui, héroïque et brave. Et non pas comme une espèce de mauviette toujours en train de chialer.

Peluche avait des pouvoirs. Il connaissait des vérités. Il résistait aux épreuves. Il fallait que Jean aussi.

C'est lui qui lui avait révélé le secret des naissances, une graine que les garçons plantent dans le nombril des filles et qui va pousser à l'intérieur des ventres jusqu'à ce qu'elle n'ait plus de place. Là où ça clochait, c'était pour l'en sortir. Si Jean avait réussi, par quel mystère son frère avait-il échoué ? En passant le premier, est-ce qu'il n'avait pas tout abîmé ?

Peluche l'avait consolé en lui avouant le grand secret du père Noël. C'était un secret qu'on ne révélait pas à n'importe qui, il fallait être comme Jean, courageux pour comprendre que s'il n'existait pas, c'était bien qu'il ait été inventé. Que c'était toujours ça de gagné sur les jours sans cadeaux. Et que si on rajoutait la petite souris, les anniversaires, les fêtes, c'était cool mais encore pas assez. Qu'il fallait créer d'autres occasions. Se lever tous les matins en se disant « Et aujourd'hui à qui vais-je faire plaisir ? ».

Son frère mort, pour Jean, le plaisir avait doublé d'obligations. Mal tenues. Il était tout seul pour y faire face, ses parents n'auraient pas pu subir une seconde défection. Ils s'étaient raccrochés à lui et lui, heureusement, à l'oncle Emile.

Hélas, Peluche n'avait pas tenu toutes ses promesses et avait laissé bon nombre de questions en suspens : *Qui a dit que le bleu est bleu ? Pourquoi le vert n'est-il pas rouge ? C'est quoi une vie de galet ? Combien pèse un nuage ? Pourquoi le silence ne fait-il jamais de bruit ? Que faut-il savoir pour dire je sais ? Quand on naît, on a un jour ou neuf mois ? Si le temps passe pourquoi les minutes s'écoulent ? C'est quoi un voleur d'ombre ?*

Peluche, encore et encore… jusqu'à ses douze ans.

Alors le Polaroïd était entré dans sa vie et Peluche était redevenu une simple peluche. Entre lui et le monde, Jean allait mettre un écran bien plus puissant que n'importe laquelle de ses affabulations.

Il l'avait inauguré aussitôt par une prise de vue d'un genre un peu spécial.

Une photo unique. Au prix inestimable.

Sa première photo.

Il avait attendu que sa mère soit dans la cuisine et que son père et l'oncle Emile soient sur le balcon à fumer une cigarette, tous deux repus et satisfaits de ce repas d'anniversaire. A ce moment, assis sur le canapé du salon, il avait mis un œil derrière le viseur, effectué le tour de la pièce. Comme il n'y avait pas de zoom pour voir les choses en gros plan, il s'était rapproché d'elles au plus près.

Ainsi levé, il s'était arrêté devant la table de la salle à manger et avait focalisé sur la forme que prenait une serviette de table pliée machinalement. Un carré approximatif dont l'un des coins avait été mal rabattu, tourné vers l'intérieur. On aurait dit une petite pochette au creux de laquelle une tache s'était incrustée. Un halo rouge clair. Du vin très certainement. Ou peut-être un peu de ce coulis de framboise qu'ils avaient mangé au dessert. Il avait trouvé ça moche, sans grand intérêt et s'en était détourné.

L'œil toujours rivé au viseur, il avait relevé la tête, pivoté sur lui-même, faisant défiler les objets qui meublaient la pièce. Il avait croisé son reflet au passage du miroir, une grande glace rectangulaire qui occupait tout le mur au-dessus du canapé du salon. Il avait bien pensé à appuyer sur le déclencheur mais il l'avait vu, derrière lui, qui se réfléchissait dans le miroir. Muet, insolent, intouchable.

L'image s'était imposée d'elle-même. Evidente.

L'ovale silencieux de son frère scellé d'un chapeau à double étage, trônant sur le buffet acajou de la salle à manger.

Il s'était approché, ne voyait plus que lui, qui prenait toute la place au fond de l'obturateur. Il avait écarté la bougie, la photo et le ruban.

Il s'était immobilisé, avait cadré et aussitôt déclenché.

La photo était sortie au bout de l'appareil, il l'avait tenue dans ses doigts et il avait attendu. Les contrastes avaient surgi, une forme s'était révélée. Un gros plan parfait, bien net, sans bougie ni ruban.

Sa première photo. Une nature morte.

L'urne de son frère. Un ovale effilé qui ne lui ressemblait guère, lui qui était mort joufflu, le corps gonflé par la cortisone.

C'est cette photo qu'il a montrée à Henri tout à l'heure. Sur laquelle il a fait pleurer son ami. Il voulait le choquer comme lui l'avait été. Pour qu'il sache, puisqu'il voulait comprendre. C'était injuste et moche. Dégueulasse même. Mais tout dans cette histoire était injuste et moche. Ce cliché ne l'avait jamais quitté, il l'avait conservé secret. Il l'avait dissimulé toutes ces années dans la poche revolver de son blouson. Une légère boursouflure coincée entre sa carte d'identité et son permis de conduire et qui avait pesé lourd dans la balance.

Jean a marché jusqu'au banc. Sans s'en rendre compte, ses pas l'ont ramené au jardin d'enfants. Les allées sont à nouveau fréquentées. Un peu hébété, les yeux grands ouverts, il observe autour de lui. Le soleil a baissé d'intensité. Il fait plus frais, plus humide aussi. Son portable indique qu'il est presque trois heures. Plus d'une heure qu'il erre et déambule, cette nonchalance ne lui ressemble pas. Cette fatigue non plus.

Une alerte en bas à gauche de l'écran le prévient qu'il a reçu un SMS : Henri, évidemment. Succinct, laconique et efficace : « Hôpital Cochin. Isabelle Serat. 29 ans. Service cardiologie. Ch. 122.».

Au moins, pense Jean, ce n'est pas le Bâtiment Gustave Roussy. La morgue en langage codé. Aujourd'hui, Jean n'aurait pas supporté. Il se dit que tout de même, il y a des jours qui n'en sont pas, qu'on devrait pouvoir sauter, mais qui s'acharnent.

Il décide de remonter jusqu'à la place d'Italie. Il a besoin d'un verre loin du quartier. Il tourne en rond depuis ce matin.

Quand il sort du jardin, il remarque l'écriteau sur lequel est inscrit « Square René-Le Gal. Nommé ainsi en souvenir du conseiller municipal du 13ème arrondissement fusillé par les Allemands pour son appartenance à la Résistance, le 7 mars 1942, à l'âge de 43 ans ».

Et la Zazou, à part trois lignes dans le journal, elle aura droit à quoi d'inscrit sur son épitaphe ? « Vergiss mich nicht » peut-être ?

Il est heureux de n'avoir pas à y penser.

Chapitre 9

À la brasserie O'Jules, la terrasse couverte est chauffée. Jean s'y installe, choisit la table près de l'arbre, celui planté au milieu, entouré d'une cage de fer, enfoui sous le bitume et qui continue de pousser malgré la bâche en plastique qui l'encercle de toutes parts. Le tronc passe au travers et tout de suite après, les branches s'élancent vers le ciel en une multitude de bras, avides de lumière et d'espace.

Il commande un Perrier Menthe, sans glaçon. Il allonge les jambes, enfile ses mains dans ses poches et soupire. Dans la rue à gauche, des employés municipaux dressent les poteaux d'acier qui serviront pour le marché du mardi matin. À droite, sur le parvis du centre commercial Italie 2, les marches sont désertes. Très peu de monde dans les rues mais le trafic automobile, lui, est saturé. En direction du périphérique et de l'autoroute de Lyon, c'est l'embouteillage, l'impatience, le gros nuage de pollution. Le contraste est saisissant.

Il y a longtemps que Jean n'a pas conduit dans Paris. Il pense qu'il n'aimerait plus se livrer à un tel exercice. Une femme passe à vélo sur le trottoir bien moins encombré que la rue. C'est la nouvelle mode, il devrait peut-être s'y mettre. Faire comme tout le monde. Prendre le temps. Arrêter les avions. Une vraie drogue, les avions. Toujours en plein décalage. La tête au-dessus des nuages. Là-haut, là où son frère avait trouvé refuge « regarde, ce n'est pas loin, tu as juste à lever les yeux… » lui avait dit sa mère en le serrant dans ses bras.

Est-ce qu'il serait prêt à ne plus partir ? Est-ce qu'il n'a jamais fait que ça, tenté de le rejoindre ?

Peut-être devrait-il prendre des vacances ? Il le pense. Il faudrait qu'il appelle Mathilde, sait déjà qu'il ne le fera pas. Pas tout de suite en tout cas. Il doit aller à l'hôpital. Pour la Zazou il n'est peut-être pas trop tard, il a quelque chose à y faire et pour une fois, il peut être à la hauteur.

Un pigeon vient se poser à ses pieds. Des miettes de nourriture l'ont attiré. Il claque du bec, en prélève une partie et s'envole ailleurs.

Jean se dit encore qu'il vit une drôle de journée. Etrange et douloureuse. Il a l'impression d'être dans un mauvais film, il guette le moment où quelqu'un va dire « coupez » et où le décor va tomber.

Mathilde l'avait pourtant prévenu. Enfin disons plutôt, elle le lui avait prédit.

- Tu ne peux pas continuer de fuir comme ça, tout ça va te rattraper un jour ou l'autre. Mais qu'est-ce que tu caches à la fin ?

Ils étaient dans un restaurant, ils avaient fini de dîner et une fois de plus, la conversation avait dérapé sur la vie à deux, l'engagement, les enfants. Non pas qu'elle y fût particulièrement attachée mais son refus à lui, son obstination catégorique à l'envisager ou ne serait-ce qu'à en parler, la mettait en ébullition.

Elle était belle, entière, déterminée. Mon Dieu ce qu'il la désirait quand elle s'enflammait ainsi. Si la bienséance l'avait permis, il l'aurait prise aussitôt. Là, tout de suite. Mais il n'avait pas à regretter, il le savait. Tout à l'heure, dans ses bras, elle ne lui en voudrait plus, aurait tout oublié, elle serait douce, tranquille, domptée. Et lui aussi serait prêt à lui accorder ce qu'il s'interdisait de vivre.

Mathilde avait poursuivi :

- Est-ce que je t'ai déjà expliqué ma théorie des jours de la semaine ? Lundi, mardi,... vendredi...

Mathilde avait beaucoup de théories qu'elle n'avait aucune honte à dévoiler. Une façon bien à elle de voir la vie. Elle aimait discourir sur le sens caché qu'on pouvait toujours, affirmait-elle, péremptoire, trouver à une chose. Comme toi dans tes photos. C'est l'angle sous lequel tu les prends qui fait toute la différence. Parce que l'objet reste le même. Mais le regard que tu lui portes peut tout changer.

Il avait acquiescé, impatient de connaître la suite. Il aimait l'écouter. Sa voix, ses yeux et son corps le charmaient au fur et à mesure qu'elle s'emballait. Il admirait la vitalité et la sincérité de ses convictions.

Les rares fois où il l'avait vue triste ou quelque peu amorphe, il avait eu peur. Si peur qu'il avait à chaque fois prétexté une course à faire et s'était enfui. S'il devait lui arriver quelque chose, il ne saurait pas la protéger. Il en était persuadé. Comme il était convaincu depuis toujours que la force dont son frère aurait dû disposer pour naître, grandir, lutter et vivre, c'était lui qui s'en était saisi. Il avait été impardonnable de ne pas la partager. Il avait été égoïste. Il l'était toujours.

Pourrait-il donner à Mathilde ce qu'il avait refusé à son frère ? Est-que l'on partage sa vie avec un égoïste ? Est-ce que l'on peut véritablement aimer un narcissique ?

Pendant qu'il accumulait des nœuds dans sa tête, Mathilde, sur sa lancée, avait poursuivi :

- Prenons les choses de haut, en grand, au regard de l'histoire de la Terre, en bougeant les proportions… Si, disons, l'humanité n'avait qu'un an d'existence, on pourrait tenter de synthétiser la vie d'un individu à l'échelle d'une semaine.

Elle paraissait sérieuse, il l'entendait à sa voix. Elle s'exprimait plus lentement qu'à son habitude. Il avait dû délaisser ses nœuds, s'il voulait espérer la suivre sur son terrain.

- Imagine que l'on puisse fractionner son existence en espace temps/action : une semaine égale une vie ou un jour égale une phase de son existence.

Devant la moue dubitative de Jean, elle avait ponctué son récit d'un « attends, je t'explique, tu vas voir c'est tout simple » qui avait fait sourire Jean. Rassurée, elle avait enchaîné :

Et donc, pour commencer, au lundi correspondrait le temps de l'enfance, les jeunes années.

Au mardi celui de l'adolescence.

Au mercredi celui de la première phase adulte, l'entrée dans la vie active, le social.

A jeudi celui de l'amour, la volupté, les plaisirs…

En prononçant ces mots, elle avait laissé traîner sa voix, sensuelle et provocante. Séduit, il lui avait pris la main, l'avait portée à sa bouche. Ils s'étaient souri. Et pour s'excuser de l'avoir interrompue, il avait cru bon de rajouter :

- Jusqu'ici, je te suis…

Elle avait attendu qu'il continue. Il avait fait l'idiot. Il ne voulait pas lui gâcher le plaisir de continuer sa démonstration. Elle avait poursuivi.

- Arrive donc vendredi. Et là, bel ami, ouvre bien tes oreilles, parce que celui-ci pourrait bien te concerner dans pas longtemps.

Une main derrière chaque oreille, prêt à supporter le choc de la révélation, il avait fait mine de se redresser, inquiet, vigilant. Ce geste ne l'avait pas distraite. Elle avait continué sans s'interrompre. Elle connaissait ses facéties. Dans son magasin Bluff et compagnie, il en stockait tout une gamme, bien huilées, prêtes à l'emploi. Là où d'autres que lui auraient allumé une cigarette, bu une gorgée ou exécuté les deux mouvements à la fois, Jean, lui, faisait parfois le pitre. Quand le silence ne servait plus à cacher son embarras et qu'il était confronté à un sujet sérieux, il pouvait tout aussi bien se livrer à un fourvoiement de collégien.

Mathilde, elle, à ce stade, était déjà bien lancée.

- Vendredi, certainement le jour le plus important de cette fichue semaine. J'ai nommé le jour Hic. Parce que c'est le seul qui peut encore tout changer.

Imagine que tu aies foiré tous les jours précédents. Lundi, mardi, mercredi et même jeudi. Enfance, adolescence, boulot, amours. Si ta responsabilité n'est pas engagée dans les deux premiers, plus ou moins victime de ton éducation et de ton environnement, elle l'est probablement dans les deux suivants, mercredi et jeudi. On ne peut pas toujours se cacher derrière le passé même si, je te l'accorde, tout est étroitement lié... enfin donc, même si, au cas où, tu as les quatre premiers jours les plus difficiles de ton existence, sache que tout n'est pas perdu !

Il te reste encore à vivre le vendredi. C'est la journée de la dernière chance, celle qui les rassemble tous. Le jour de Vérité.

Là, radieuse, elle avait marqué une pause. C'était la première fois qu'elle exposait sa théorie, et Jean avait l'air accroché. Cette « revisitation » des âges de la vie tenait à peu près la route.

Il attendait la sentence. Elle avait enchaîné.

- Ce jour-là existe pour chacun au moins une fois dans une vie. Il nous est offert, c'est cadeau, un cadeau royal. L'occasion unique pour chacun de se regarder dans une glace sans fermer les yeux ni éteindre la lumière. Mais attention, il ne prévient pas. Quelques signes avant-coureurs mais pour peu que t'aies des œillères, c'est le « scud » garanti. Il n'a pas d'âge non plus, enfin pas précisément… une préférence pour les 40/50 ans mais ce n'est même pas sûr, ça peut même arriver beaucoup plus tard. Il dure peu. De un jour à plusieurs mois. Pas besoin de plus en fait parce qu'en général tu ne l'oublies pas. Plutôt opportuniste, qui ne fait pas dans la dentelle. Il va souvent de paire avec une grande souffrance. Il suit parfois un grand deuil. On l'appelle aussi la maturité affective.

Elle avait marqué un temps, scruté son visage et repris :

- Parce qu'après le lundi de l'enfance, le mardi de l'adolescence, le mercredi social et le jeudi amoureux, quatre jours bien remplis de la vie d'un individu, il y a l'âge adulte. Le premier bilan. Comme une halte dans la vie où le temps s'arrête, où l'on se retourne derrière soi et où l'on fait les comptes. On se dit que le plus dur a été fait, on est content que ce soit fini… si jeunesse savait, si vieillesse pouvait… on peut enfin penser à se reposer. Vendredi, fin de semaine, avant le week-end. Cette autre portion de vie qu'on peut encore espérer vivre, dont on souhaite profiter… samedi, plein de promesses, pour les plaisirs, ceux qu'on n'a pas pris, pas saisis, remis à plus tard. Et puis dimanche, pour la sagesse et le repos. S'il reste encore assez de souffle, si le corps n'est pas vaincu.

Et d'ailleurs, est-ce que t'as déjà remarqué comme les gens sont taciturnes le dimanche soir, peu enclins… ils se disent c'est la fin du week-end, la fin des plaisirs, du repos… demain y a école, c'est lundi, faut remettre ça…. il y a des tas de gens qui ne supportent pas le lundi… demande-leur de te parler de leur enfance, tu verras… et d'autres qui s'animent à partir du mercredi ou du jeudi… le travail, les amis, les amours, ils sentent que le meilleur arrive… … le vendredi, le jour tant espéré, qui annonce le week-end… et là pour beaucoup, si la semaine a été bâclée, le week-end sera à l'avenant... le samedi sera fastidieux et corvéable et le dimanche solitaire… t'as qu'à aller faire un jeu de photos dans les hospices ou les hôpitaux, si tu ne me crois pas…

Il avait applaudi, scandé « une autre, une autre, une autre.. » et l'avait embrassée.

- Mais où vas-tu chercher tout ça Mathilde ?... Quel est ce neurone infatigable et perturbateur qui génère chez toi de telles pensées ? Tu sais que tu serais parfaite en femme gourou.

Ils avaient ri encore et s'étaient enlacés avant de quitter la salle de restaurant, réconciliés.

Chapitre 10

Toujours attablé à la terrasse du café, Jean se remémore cette conversation. Le barman a emporté son verre vide et lui demande s'il veut autre chose. Il recommande une bière non moins par envie que pour qu'on lui foute la paix et répète à haute voix « Le jour Hic ! Le jour Hic ! Le jour Hic ! Hic, hic, hic…».

Il mime un ivrogne, fait mine de se marrer et se rembrunit.

- « Tu m'emmerdes Mathilde. J't'adore mais tu m'emmerdes. Si c'est ça, ton vendredi et bien merci beaucoup, n'en jetez plus là-haut, ça va, j'ai pigé. Et puis je te signale que ton vendredi il tombe un lundi, c'est pas cohérent ton histoire… ».

- « Pas cohérent ? Tête d'ampoule va, aurait-elle rétorqué en lui ébouriffant les cheveux. Un vendredi ça tombe quand ça tombe et estime-toi heureux qu'il ne dure qu'une journée. Et même je vais te dire, si ça se trouve, ça tombe un lundi parce que justement, c'est ce jour-là de ta vie qui coince le plus, ton enfance, le grand secret.

Ouvre les yeux et accepte l'évidence. Arrête de résister et fais tomber l'écran que tu as dressé entre toi et le monde. Tout peut changer encore…. ».

Si Jean avait eu Mathilde en face de lui, à cet instant, sûr qu'il aurait perdu les pédales.

« Qu'est-ce qui peut changer au juste ? Hein dis-moi, qui es-tu pour le prétendre ? Mon lundi, comme tu dis si bien, avait un prénom. Un prénom, un sourire, une voix, un avenir. C'était mon frère. Pas un concept, ni un foutu programme, ni même une spéculation, mais mon frère. Et il est mort, incinéré, compacté. Tu entends Mathilde, mort. Définitivement mort. »

Peut-être même qu'il aurait exhibé la photo, qu'il l'aurait brandie sous ses yeux et qu'il aurait été heureux qu'elle en soit choquée.

Le barman vient de déposer la bière. Jean regarde la mousse se tasser, il n'y touche pas. Il est en colère après Mathilde. Ce n'est pas la première fois. Elle en a le don. Plus d'un an que c'est comme ça. Miraculeux et difficile. Doux et survolté.

Démonstration du jeudi de l'amour :

Leur rencontre se produisit comme la plupart des rendez-vous de la vie, à leur insu, sous l'effet d'un parfait hasard, à l'occasion d'une fête entre amis improvisée, tardive et enivrée. L'amie d'une amie qu'on ne remarque pas au premier abord, que l'on recroise plus tard dans la soirée et à qui on offre de prendre un verre. Avec qui l'on se trouve des affinités, des points communs et presque autant de différences.

Lui si réservé, si renfermé, coincé par les fantômes de la souffrance et elle, si entière, si péléenne, si vivante. Pour tous ceux qui les connaissent bien, une alliance qui resterait dans les annales du grand livre de l'amour à la page « mystères et secrets : quelques cas rares. ».

Leur association allait être celle d'une tête et d'un cœur, deux arcanes essentiels piégés dans un même univers, qui allaient devoir apprendre à cohabiter, animés d'un même besoin, celui de faire vivre dans l'harmonie le corps qu'ils composent.

Une alchimie que nul n'aurait pu prédire ni empêcher.

Parce que la nature de Mathilde lui interdit de reculer devant ce qui s'offre à elle et l'exhorte à insuffler la vie. Au risque souvent de déplaire. Et parce que la nature de Jean l'oblige à rechercher l'énergie qui lui fait défaut et à s'en abreuver. Comme une racine dont la croissance s'est arrêtée. Comme des surgeons en attente, tenaces.

Enfin parce que Mathilde sait si bien, depuis toujours, convoquer le bonheur, rire et chanter, elle saura rallumer la flamme qui vacille au creux de Jean.

Leur histoire avait commencé ainsi, par jeu, par défi, comme une joute.

Jean avait demandé à Mathilde, innocemment :

- Et donc tu fais du théâtre ?... Tu joues la comédie ?

- Je dirais plutôt que je fais rêver les gens. J'habille leur quotidien. J'y mets de la couleur et du relief… j'invente un autre présent.

- Jamais dans la réalité alors ? Quelle chance !

Mathilde avait aussitôt engagé les hostilités, provocante :

- Parce que toi oui peut-être ?

Jean s'était faussement indigné :

- Mes photos sont la réalité.

- Tu parles d'une réalité ! Figée, placardée, sans mouvement. Arrêtée en pleine course.

- En tout cas ce n'est pas du jeu, je ne mens pas, je donne à voir.

- Tu donnes à voir, ah vraiment ! Mais pour un sujet, souvent, on ne voit qu'une seule photo, en général, il manque toutes celles d'avant et celles d'après. Quel bel exemple de rétention ! Si ce n'est pas du mensonge, c'est quoi ?

Il n'avait pas voulu engager le débat. Il en connaissait trop la vanité. Cela ne les aurait menés nulle part. En guise de soumission implicite, il avait levé sa coupe :

- On trinque ?

Et c'est à ce moment que tout avait commencé. Derrière leurs verres levés à hauteur de visage. Il l'avait regardée droit dans les yeux et il était resté accroché. Il y avait une telle lumière, une telle malice. Elle avait soutenu son regard. Ils s'étaient compris.

Elle l'avait questionné :

- Tu es venu seul ?

L'interrogation continuait le jeu. Elle appelait une réponse qui aille dans ce sens. Elle le provoquait.

- Non avec mon appareil, tu te doutes bien. La seule femme de ma vie. Qui pourrait vouloir d'un voleur d'images ?

Elle avait ri. Ça avait fini de l'achever. Un vrai rire de gorge. Profond et sonore. Qui l'avait rempli de joie, qui s'était propagé partout en lui.

- Un cow-boy solitaire, seul de par le monde, légèrement misanthrope si je ne me trompe…

- Pas du tout, bien au contraire, belle émeutière. Il faut sacrément estimer ses contemporains pour, au bout d'une dizaine de photos, tenter de révéler en une seule le meilleur d'eux-mêmes. Je suis sûr que même avec toi, j'y arriverai…

- Hum, je vois, sûr de lui l'artiste. Pétri de certitudes…

- Moi, des certitudes ! Détrompe-toi, je ne crois en rien, pas même en moi.

- La névrose de l'artiste alors ! Et à l'amour, tu y crois ?...

La question l'avait surpris. Il était resté muet. Il avait cru s'en tirer par une pirouette et avait pris un air inspiré pour finir par dire :

- Ça mérite réflexion…

Cette remarque qui invitait à changer de sujet avait déclenché la controverse. C'était mal connaître Mathilde que de vouloir lui échapper de cette façon. Elle aimait pousser les gens dans leurs retranchements.

- Ah ça !… si tu commences à raisonner, on est mal barré. Aimer c'est tout le contraire…

Il avait essayé de feindre :

- T'as l'air de t'y connaître, un doctorat peut-être ? Diplômée certifiée conforme.

Elle avait fait fi de cette dernière remarque et avait continué comme si elle ne l'avait même pas entendue.

- Aimer c'est le cœur, le lâcher-prise… le souffle, l'essence, la vie. Je ne crois pas qu'il y ait quelque chose au-dessus.

La conversation tournait au sérieux. Ça l'intéressait d'avoir son opinion. Peut-être que s'il avait su, s'il avait prévu la suite, il l'aurait détournée, ils auraient dansé, il l'aurait séduite, développant pour elle des photos dont elle ne soupçonnait pas qu'elle puisse en être le modèle mais il avait dit :

- Au risque de ?....

- Au risque d'être aimé en retour…

- Et de souffrir…

- Et de souffrir oui. Ou d'être aimé en retour…

Il avait eu l'air grave en répondant :

- Ça ne dure jamais longtemps. Tu ne crois pas que…

Elle l'avait interrompu. Elle détestait la fatalité, n'y croyait pas et avait des arguments.

- C'est sûr, passé la lune de miel, le vrai défi commence. Parce que personne ne pense jamais qu'après être tombés amoureux, il faut apprendre, ensemble, à se relever amoureux. Et voir l'autre de toute sa hauteur, des pieds à la tête…

- Aïe !

- Oui tu peux le dire. J'ai écrit un sketch là-dessus. Je te le fais, vite fait, si tu veux ?

Il avait souri. De toute façon, elle n'attendait pas de réponse.

- J'entre, je vois l'autre, je tombe en pâmoison, je me roule par terre, je mime la copulation infernale, torride, sensuelle, passionnée. Je gémis, j'apostrophe « mon amour, mon chéri, soleil de ma vie », les gens aiment beaucoup qu'on singe les prologues amoureux… et puis passé quelques minutes qui sont censées représenter les 6/12 mois réglementaires, je me relève, je réajuste mes lunettes, je prends du recul, je lisse mon chemisier, me recoiffe et je regarde à nouveau l'autre. Aussitôt je manque de retomber par terre mais pour cette fois-ci m'enfouir la tête dans le sable. C'est que mes phéromones rassasiées, il a d'un seul coup moins fière allure l'étalon. Et c'est quoi ce drôle de tic-là, cette façon de toujours terminer ces phrases par quoique ? Quoique, quoique, quoique… répète-le souvent, tu verras l'effet que ça fait. D'abord ça perd tout son sens et après ça t'énerve. Quoique quoi ? Mais dis-le, vas-y, dis-le ?

Il avait répété. S'était emmêlé les pinceaux. Avait songé qu'elle n'aimerait peut-être pas son tic à lui « sûr, sûrement, pour sûr » qui ponctuait facilement le début ou la fin de ses phrases.

Il avait acquiescé :

- Je vois. Très drôle en effet. Et donc on ne se relève jamais d'être tombé amoureux ?

- Si, mais ensemble et…

À cet instant, elle l'avait regardé. D'une drôle de façon. Loin en dedans. Une émotion avait étreint Jean. Comme s'il était tétanisé et en même temps, comme si tout se réveillait en lui, comme s'il sentait chaque cellule de son corps s'enhardir. Elle avait posé sa main sur sa joue, un geste d'une incroyable douceur et elle avait dit :

- Et si on essayait nous deux, un bout de chemin… tu me laisses rentrer dans ta vie, je t'ouvre la mienne…

Cette fille était dingue, elle avait vu trop de films, joué trop de rôles, endossé trop de costumes. Elle bluffait. S'il la prenait au mot, elle allait lui rire au nez et lui dire « je t'ai bien eu ». Mais sa main lui avait caressé la joue. Et avant qu'il n'ait réagi, elle l'avait embrassé. C'est alors qu'il avait, pour la première fois, humé son parfum. Totalement enivré, il s'était senti en danger et avait murmuré.

- Je ne crois pas être capable ni même avoir envie d'une grande histoire.

Elle avait souri. S'était encore rapprochée et murmuré à son tour :

- Je crois que l'histoire a déjà commencé, malgré toi, et puis on s'est embrassés…

Jean avait eu un instant de recul. Presque de colère.

- Tu vas toujours aussi vite ? Tu ne réfléchis jamais ? Tu crois que tu peux prendre d'assaut quelqu'un comme ça ?

Mathilde avait continué, à peine surprise.

- Je crois à ce que je ressens et depuis un petit moment déjà, je reconnais ce qui se passe à l'intérieur de moi, je suis à l'écoute, mon ventre est mon baromètre… et il t'appelle…

Un silence avait suivi, les enrobant tout entier. Mathilde sentait Jean se débattre, hésiter, visiblement troublé. Leur dialogue devint encore moins qu'un murmure. Un souffle de mots errant entre des grands blancs.

- Et ce que je veux moi, tu en fais quoi ?

Mathilde s'était encore rapprochée. Jean sentait son haleine frissonner sa joue.

- S'il y a un écho en moi, c'est qu'en face il y a un langage… je n'invente rien, je t'assure, je crois en ce que je ressens. C'est comme ça, depuis la nuit des temps…

- Mais moi je ne sais pas, je ne suis pas certain que…

Un doigt sur ses lèvres, elle l'avait interrompu. Si Jean ne s'était pas contrôlé, il l'aurait sucé.

- Alors essaie. Si tu n'es pas sûr, c'est que tu as un doute. Est-ce que tu peux renoncer sans savoir ? À moins que tu ne veuilles passer le reste de ton existence à te demander si tu aurais dû dire oui ou non, tenter l'expérience.

- Tu es si sûre de toi, j'ai besoin de savoir par moi-même…

Jean avait dit cela avec un tel désarroi que Mathilde avait perdu patience. Il fallait réagir.

- Et ça va prendre combien de temps ? Toute ta vie, n'est-ce pas ? Tu es capable de t'emmêler les neurones pendant des siècles avant d'être sûr, parce que sûr, personne ne l'est jamais… ou alors du fond du ventre mais jamais dans sa tête. Trop de Monsieur Bulbe, crois-en mon expérience.

Jean avait été surpris et soulagé en même temps. Un nouveau round s'offrait à eux. La grande émotion s'était dissoute.

- Monsieur Bulbe ?

- Oui, tu sais, cette petite voix assassine qui veut à tout prix te remettre dans le droit chemin sous prétexte de tout diriger, qui s'effraie de tout, ne croit à rien qui ne soit cent pour cent vérifiable, adaptable, adéquat, parfait. Comme si le bonheur parfait, l'autre parfait existait vraiment. L'antidote du bonheur, Monsieur Bulbe, un emmerdeur de première qui tue la poésie et l'imaginaire, le rêve et la fantaisie…

- Un garde-fou en somme ?

- Un emmerdeur, ni plus ni moins. Qui te fait tourner en rond cent ans avant de prendre une décision et qui te convainc, même quand tu es malheureux de l'avoir prise, que tu as bien fait, que c'était mieux, qu'on ne sait jamais, qu'il faut se protéger, que le cœur est trop faible, que tu vas encore morfler, que le rêve c'est pas la réalité et qu'on est dans la vie et pas dans un film… je suis sûre que tu vois de quoi je parle….

Il avait bien été obligé d'acquiescer.

Ce que Jean ne saurait jamais, c'est qu'il avait fallu à Mathilde une grande force intérieure, des heures de mauvais sommeil et des pages noircies à l'encre noire pour faire taire ce Monsieur Bulbe dont elle disait s'être affranchie aujourd'hui.

Mathilde avait été une enfant gaie, pleine d'appétit et d'originalité, des étoiles dans les yeux et des sourires jusque dans chaque grain de peau. Instinctive, entière, passionnée et convaincue d'avoir été, dès la naissance, baptisée par les anges. Ce que ses parents n'avaient jamais voulu contrarier. Un tel incipit dans la tête d'une enfant, capable encore de croire au génie de la vie, il ne fallait pas le gâcher mais au contraire l'encourager.

Elle disait les avoir vus danser autour d'elle dans ses premières heures, à la maternité. L'un d'eux lui avait même demandé d'ouvrir les yeux. Ce qu'elle avait fait docilement. Il avait fait briller une flamme, l'avait passée sous son regard. Alors le jour était entré et la lumière avait jailli. Dans le même temps, un autre avait posé ses deux pouces sur chacune de ses joues, prononcé quelques bénédictions inaudibles, retiré ses doigts, soufflé sur le creux qu'on appelle fossette et avait attendu. Celles-ci s'étaient estompées. Et les anges avaient disparu.

Dès quinze mois, elle avait su parler. Son premier mot et les suivants furent Oui. Ni Ma ni PA comme à peu près tous les enfants mais d'abord Oui. Elle dit « Oui merci » à sa mère qui lui demandait si elle avait bien dormi. Elle dit « Oui encore » à la proposition de boire un autre biberon après le premier englouti avec trop de rapidité. Et elle dit « Oui », tout court, une troisième fois ce jour-là à la question « Est-ce que tu veux faire la sieste ? ».

Sept semaines plus tard, elle avait fait ses premiers pas. Seule. Au bras qui venait de la déposer à terre, elle s'était raccrochée pour se relever aussitôt. Elle l'avait maintenu avec fermeté, quelques instants, composant dans ce geste de quoi réunir toutes ses forces et d'un coup s'était élancée. Elle avait réitéré l'expérience, trois pas incertains, avait paru vaciller, s'était stabilisée les bras en croix, avait regardé droit devant et était repartie pour de bon. Elle avait fait le tour de la pièce où elle se trouvait, s'accrochant çà et là à un pied de table ou de chaise, frôlant un mur, semblant suivre un chemin qu'elle avait répété depuis longtemps dans sa tête. Son périple réussi, elle était revenue vers le bras qui se tendait, prêt à la porter en triomphe, avait dit « Non merci » et avait continué son chemin. Elle avait trébuché encore un peu, fait quelques embardées et de jolies cascades mais ne s'était pas lassée de conquérir son nouveau territoire.

Sa mère racontait qu'elle avait souri tout le long de ses investigations et que, dès lors, elle ne se rassit plus que par obligation. En classe, pour manger ou devant un adulte qui le lui demandait expressément.

Jusqu'à ce que Monsieur Bulbe intervienne, Mathilde avait grandi parmi ses rêves, cru aux fruits de son imagination. Libre encore des contraintes de la raison, de la logique, de la morale et de la sacro-sainte réalité de ce monde qui croyait plus à ce qu'il voyait qu'à ce qu'il ressentait.

Il s'était présenté, quelques jours avant ses premières règles. Elle allait avoir 12 ans.

« Je suis ton hôte. Tu ne me connais pas encore mais j'habite en toi. Depuis toujours, je suis là. Je t'ai vue naître, je t'ai vue grandir. Je t'ai laissée t'épanouir, faire tes preuves, vivre ta logique. Je me suis tu. Aujourd'hui ton corps change, tu deviens femme, tu vas vers de nouvelles épreuves, de nouvelles conquêtes et j'apparais. Je suis ton côté sombre, ton double différent. L'envers de tes assertions, de tes égarements, de ton ambiguïté. Je suis La Question et Le Choix et même parfois les deux. Ton jumeau, ton second moi. Je suis le trublion.»

Et c'était foutrement vrai. Monsieur Bulbe s'était avéré vite n'être qu'un enquiquineur. Pas drôle du tout. Et qui plus est, dangereux. Un étranger infiltré à l'intérieur d'elle-même qui voulait tout régenter. Véritable despote du plaisir. Peut-être même son pire ennemi. Elle avait tenté des mois durant de reléguer ce Monsieur

Bulbe au fin fond d'une case mémoire cadenassée et sous-titrée « prise de tête assurée, ne pas ouvrir». Elle avait découvert le moyen de le faire taire et d'éradiquer ses mauvaises pensées. Elle avait appris à lui dire tout bonnement « Tais-toi » et même plutôt « Ta gueule ».

Les premiers temps, il avait fallu hausser le ton, serrer les poings et répéter l'invective. Mais à présent, dès qu'elle l'entendait avancer la moindre opinion, elle disait « Stop. Va voir ailleurs si j'y suis ».

A quoi il répondait, invariablement :

- Têtue que tu es. Tu ignores où tu vas. Tu cours comme ça, droit devant, sans réfléchir. Écoute-moi au moins… .

Elle l'arrêtait aussitôt.

- Espèce de jaloux, mauvais coucheur, va chanter tes louanges à d'autres. Je ne ferai que ce que je sens, en fonction de mes besoins et non plus de tes doutes.

Monsieur Bulbe, que d'aucun surnommaient « la petite voix » ou « voix de la raison » ou « l'autre moi » allait devenir un personnage caricatural de ses pièces.

Un personnage qu'elle démolirait avec acharnement, convaincue que si elle lui laissait, ne serait-ce qu'un pouce d'envergure, il la ferait tourner dingue pour longtemps.

Elle avait pu contempler les dégâts qu'il occasionnait dans la tête des gens. A la sortie du théâtre, le public venait lui dire qu'eux aussi avaient eu des démêlés avec ce Monsieur Bulbe. Ça expliquait souvent leur choix, il en était mécontent mais n'y avait jamais pensé auparavant. Peu de personnes en effet résistaient à ce marteau-piqueur de l'esprit. Tout simplement parce qu'il se nourrissait de leurs peurs et de leur manque de confiance. Il fallait de la persévérance pour en venir à bout. Et puisque Mathilde avait su elle-même le vaincre, elle était certaine que Jean réussirait lui aussi un jour.

Une année était passée depuis leur première rencontre. Faite d'amour et de cris, de ruptures et de réconciliations. Passionnée et passionnante Chacun prenant la mesure de l'autre. Il y avait eu les chagrins et les manques. Les mensonges et les lâchetés de l'un face aux impatiences et aux fougues de l'autre. Cette satanée indépendance que personne ne veut lâcher, l'un dans son silence, l'autre dans sa verve !

Ces petits jeux de pouvoir qui mettent en scène des scénarios cent mille fois éprouvés partout dans le monde. Si tu souffres, alors je ne souffre pas. Si tu pars, ne reviens pas. Fuis-moi je te suis, suis-moi je te fuis. Chacun prisonnier de ses propres sortilèges.

Chapitre 11

Tout seul assis à la terrasse de ce café, Jean est soudain pris de vertige. Il se sent fatigué. Une douleur monte en lui. Elle appuie sur son plexus. Il étouffe. Il transpire. Il a soif.

Péniblement, il demande au barman de lui apporter un verre d'eau. Ce dernier lui jette un regard étrange, devine qu'il est près de tourner de l'œil.

Jean se sent nauséeux, il cache son visage dans ses mains et d'un seul coup se met à pleurer. Il a honte mais ne peut pas s'en empêcher. Il garde la tête baissée et au fur et à mesure que les larmes se déversent, son angoisse se dissout.

Il pleure ses parents, son frère, l'oncle Emile, Mathilde et même la Zazou. La réalité et le poids des journées sans soleil. Il regretterait presque ce fameux jeudi qui vient au moins une fois dans chaque vie frapper à la porte des cœurs et demander s'il y a réellement quelqu'un. Car il y a toujours quelqu'un.

Même si c'est vrai qu'après être tombé amoureux, il est douloureux de se relever.

Elle lui avait dit pourtant : « Il faut être deux, au moins deux avant d'espérer devenir trois. »

Il avait tiqué, s'imaginant que le piège de l'enfant allait se refermer sur lui et répété, bêtement :

- Trois ?...

Elle avait ri devant sa mine déconfite:

- Gros bêta… toi, moi et nous… tout simplement !

Il avait répété, soulagé :

- Bah oui… tout simplement !…

Jean a soudain conscience qu'il n'est même pas un. Désincarné depuis trop longtemps. Piégé dans son lundi. Comment saurait-il être deux ou même trois ?

Alors comme le ferait un enfant, il s'essuie le visage avec sa manche et se redresse. Il faut être souple, il s'y essaie depuis le début. Pour ne pas rompre, baisser la tête, laisser au temps son boulot de faire le temps même si on ignore combien ça dure.

Parce qu'il est difficile de croire et lent de transformer.

C'est vendredi. Son vendredi. Mathilde le dit et peut-être même commence-t-il à la croire. Un énorme point d'interrogation s'est planté en lui et lui donne l'impression d'avoir avalé une mauvaise surprise. Des questions fusent. Contradictoires, énormes, idiotes, répétitives. Et restent sans réponse.

Est-ce que toute sa vie n'est qu'une imposture ?

Est-ce qu'il fuit la réalité ?

A-t-il peur de ses émotions ?

Saura-t-il un jour ce qu'aimer veut dire ?

Est-ce qu'il resterait si Mathilde ne le retenait pas ?

Est-ce qu'il en a le droit, le pouvoir, la force ?

Est-ce que Mathilde est une chance ou un piège ? Les bras si doux mais le verbe si haut.

Le désordre de sa tête le fait presque sourire. Jolie création de désarroi, un vrai patchwork à la Monsieur Bulbe.

« Vite, dirait Mathilde, un grand sac-poubelle. Vire-moi tout ça. Ce n'est pas tant les questions qu'on se pose ni même les réponses qu'on trouve qui sont importantes, mais le chemin parcouru… viens mon amour, allons nous promener, tu en as vu d'autres, ailleurs. Tu connais le prix de la vie, ne la gâche pas. Je t'aime, mon amour, viens… ».

Si elle apparaissait, là, tout de suite, et qu'elle le prenne par la main, est-ce qu'il la suivrait ?

Cela ne faisait aucun doute.

Parfois elle le faisait penser à ce photographe sous-marin, l'ami des poissons, David Doubillet. Considéré comme un magicien parmi ses pairs, on prétend qu'il parle aux poissons et peut obtenir d'eux ce qu'il veut. En témoigne une photo assez extraordinaire où seul au milieu de plusieurs centaines de barracudas, il leur fait exécuter, tel un maître de ballet, une ronde parfaite. Dans un tourbillon noir sur fond bleu, le rendu est féerique.

Mathilde, ma sirène, parle-moi encore, raconte-moi des histoires… emmène-moi mais ne me lâche pas….

Il se souvient qu'elle lui avait dit qu'il était un tricheur. A propos de son métier, toujours.

« Exhiber une seule photo pour donner à voir un sujet et occulter les autres mais, s'était-elle indignée, pour une seule photo, il manque celles d'avant et celles d'après… celles qui font la chair, le sang, les cris, les drames, les joies… l'épaisseur d'un mois, l'amplitude d'une vie. Les photos ne sont que des témoignages isolés, surpris, déconnectés. Tout ce qu'on ne peut pas voir, ce que tu n'as pas pris, est ce qui a compté le plus, inscrit dans la chair. Cette chair gorgée de mémoires qui n'en peut plus de se remémorer, hantée par les années. Des frissons, des sursauts, des larmes, des pincements, des émois, autant de coups donnés aux cœurs et qui ne se verront jamais sur aucune pellicule. Qui sait, pour chaque tirage, quelles ont été les épreuves, le positif, le négatif, l'instantané ? Quel temps de pause dans le bain révélateur, à trahir les ombres, renforcer les blancs, jouer les contrastes ? La chambre noire recèle tant d'inévitables secrets. Au final, la photo donne à voir un résultat figé dans l'instant, stoppé en pleine course. Elle oublie les nuances successives qui l'ont façonnée, les émotions qui l'ont révélée ».

Et elle avait raison, entre tous ses clichés, ses milliers de photos prises dans sa vie, il avait vécu. Il était le seul aujourd'hui à pouvoir se repasser le film, l'unique, le vrai, celui qui fait le lien entre deux souvenirs sur papier glacé.

Comment réduire la vie de la Zazou à cet instant d'un après-midi de novembre ? La vie de tant d'inconnus à un regard volé ? Comment a-t-il pu enfermer son frère dans ce vulgaire carré de Polaroïd ? Ne se souvenir que de ça ? Ne plus s'attacher qu'à cela ? Comment oublier les heures passées avec lui, même si c'était là-bas, derrière sa bulle, à l'hôpital. Il n'y a pas si longtemps. C'était hier, aujourd'hui, maintenant. Là, tapi quelque part en lui.

Mon Dieu ce que ça fait mal.

Il s'approche. Son frère est là, tranquille, réveillé, patient. Jean lui offre un « bonjour bonhomme ». Il reconnaît sa voix, son visage se fend d'un sourire, la main déjà tendue pour tenter d'attraper la sienne. La bulle les sépare mais le contact est fait. La tendresse se fout des obstacles, elle les traverse. Leur regard s'accroche, se fouille. Ils ont besoin de savoir. Oui il est heureux de le voir, oui il sait qu'il aime qu'on le lui dise.

Quand son frère l'a reconnu et après les impératifs d'usage (se laver les mains, revêtir une blouse, mettre des gants) Jean enfile ses bras dans des manchons comme le ferait un marionnettiste avec ses figurines mais en moins drôle et en plus laid. Ainsi ganté de caoutchouc, il le rejoint sous sa bulle. Il l'attrape par la taille, l'assoit, puis le soulève et le porte jusqu'à son front. Son visage collé au sien, ils communiquent. Jean lui transmet tout ce qu'il sait. Et son frère rit. Etre levé, porté à hauteur de figure quand le plus souvent il est couché, lui permet de voir autrement. Il plante ses grands yeux dans les siens et se tire la bouche jusqu'en haut des oreilles.

Alors Jean raconte : la neige, le soleil, les toboggans, la vie qui l'attend. Il dit qu'il connaît ses efforts et son courage. Qu'il est fier et qu'ils la feront éclater cette bulle. Un jour son frère n'aura plus peur, il voudra sortir et Jean sera là. Et maman et papa et le soleil aussi. Parce que c'est certain, ce jour-là, il fera beau. Et Jean lui parle, inlassablement, de Peluche qui a encore fait des siennes, des questions qu'il pose et de toutes les réponses qu'ils inventent. Son frère rit encore, s'accroche aux gants qui lui enserrent la taille, les pétrit par de brèves pressions soutenues comme pour lui signifier « oui oui je sais ». Alors l'infirmière arrive, et avec elle la ronde des soins, le charme se rompt, Jean repart, son frère se couche. Les jours passent et un après-midi, sans que Jean le sache, alors que peut-être il jouait, mangeait ou apprenait, la bulle éclate, l'air s'envole et son frère a peur. Peut-être même qu'il pense à Jean, l'appelle, s'essouffle, respire une dernière fois et ferme les yeux. Il a cessé d'attendre. Il passe son tour, donne sa place. Plus tard les flammes le consument et alors Jean renonce. Une moitié de son être se consume encore dans cette crémation, rien n'apaise jamais la brûlure, le chaos entre en lui, un ouragan dévastateur et trente ans après, quand il y pense, il a encore dix ans.

Chapitre 12

Jean se lève, groggy. Il n'est plus en colère mais vidé. Il n'a jamais autant repensé à tout cela. Il croyait avoir oublié mais tout est resté très présent : les odeurs, les images et même la souffrance. Une nécrose en gestation, repliée dans un coin depuis lors et qui au lieu de s'atténuer au fil des années s'est au contraire rigidifiée, compressée, et a gangréné.

Il ressent le besoin de marcher. Vite. Loin. Beaucoup. Ailleurs. Devant lui. Alors il marche. Comme un automate. Pour ne plus penser. Pour ne pas pleurer.

Il descend l'avenue des Gobelins, bifurque sur le boulevard Arago, longe le mur de la Santé, ralentit, écoute. Un piaf vient de sortir la tête et pépie gaiement. Il était niché dans un trou, entre deux pierres. Il accompagne Jean quelques pas. Puis Jean tourne à droite, la rue du Faubourg-Saint-Jacques, quelques mètres de plus et le porche d'entrée de l'hôpital Cochin-Saint-Vincent-de-Paul.

Jean hésite à peine et entre.

À l'accueil, protégées derrière un plexiglas, deux femmes sont en grande conversation.

Jean s'excuse :

- Pardon, le service cardiologie s'il vous plait ? Chambre 122.

Sans relever la tête et de conserve, les deux femmes répondent laconiquement :

- Tout de suite à droite, suivez les lignes bleues, en pointillé, sur le sol. C'est au bout.

Jean remercie, baisse la tête et suit les traces. Droite, gauche, droite, et puis gauche encore. Un autre hall. Des noms en gros écrits sur un panneau au mur. Hospitalisation. 2ème étage. Soins intensifs. 1er étage. Service du professeur Papillon.

Le message d'Henri n'indiquait pas de caractère d'urgence, Jean opte donc pour l'espoir, grimpe au second étage, se repère dans les couloirs et s'arrête devant la chambre.

L'odeur des lieux lui est familière et remonte d'un coup. Il pensait que ce serait plus douloureux mais c'est presque un parfum. Il le reconnaît. C'est un mélange indéfinissable de plusieurs produits, émanations et essences. Pharmacie, Javel, mauvaise haleine, peurs, combats, secrets, chuchotements. Une curieuse alchimie.

Et au lieu de l'anéantir, elle le rassure. S'il y a odeur, même aussi médicalisée et prévisible que celle-ci, c'est qu'il y a la vie. Encore, un peu. Parce qu'à la morgue, Jean s'en souvient, il n'y a plus rien. Juste le froid et le vide. Et l'évidence. Muette.

La porte est entr'ouverte, il hésite à frapper, passe la tête, jette un œil, timide, un peu inquiet et l'aperçoit.

Isabelle dort.

Il pénètre à petits pas, retient son souffle, il ne veut pas la réveiller. Il préfère qu'elle ouvre les yeux et le trouve assis comme un ami venu veiller sur elle.

Il ne craint pas d'être importun ni même présomptueux. S'il l'a cherchée, c'est qu'elle devait l'attendre, dirait Mathilde. Tout simplement.

Il s'assoit dans le seul fauteuil disposé à la droite de sa tête de lit et l'observe. Il la découvre en fait, sans son masque de poussières, les traits détendus, les cheveux lavés.

Elle est belle. Le visage doux et encore jeune. La rue n'a pas encore commis trop de dégâts.

Il en éprouve un profond soulagement.

Peu à peu, l'atmosphère de la pièce, le silence de l'étage et sa présence incognito lui procurent une espèce d'euphorie. Pour la première fois de cette journée, il se sent en paix.

Sur la table de chevet sont posés une brosse à cheveux, un stylo, un verre rempli à moitié et une carafe d'eau. Sous la carafe, une revue ouverte attire son attention. Des phrases ont été surlignées, des paragraphes pointés d'une croix, la page de droite elle-même a été cornée.

Jean s'en saisit, s'enfonce un peu plus dans le fauteuil et commence à lire :

« Une vraie rupture est quelque chose sur quoi on ne peut pas revenir, qui est irrémissible parce qu'elle fait que le passé a cessé d'exister ». Le concept de ligne de fuite a été élaboré par Félix Guattari et Gilles Deleuze qui distinguent au sein de nos vies : la ligne dure, la ligne souple et la ligne de fuite. Les lignes dures sont celles des dispositifs de pouvoir. Tant que nous restons sous leur contrôle, nous nous contentons de passer de l'école à l'université, puis au salariat et enfin la retraite. Les lignes dures nous promettent un avenir, une carrière, une famille, une destinée. Les lignes souples sont différentes mais voguent autour des lignes dures sans les remettre en question. Par elles, on s'immisce au cœur d'un univers : petits refus de respecter le règlement ou le code de la route, grèves ponctuelles, cours séchés. D'un passage par une ligne souple, tu reviens rapidement sur la ligne dure : tout rentre dans l'ordre.

Et enfin il y a les lignes de fuite, et de celles-ci nous ne revenons jamais au même endroit. Les lignes de fuite ne définissent pas un avenir comme les lignes dures ou les lignes souples mais un devenir. Il n'y a pas de programme, pas de plan de carrière possible lorsque nous sommes sur une ligne de fuite. « On est devenu soi-même imperceptible et clandestin dans un voyage immobile. Plus personne ne peut rien pour moi ni contre moi. Mes territoires sont hors de prise, et pas parce qu'ils sont imaginaires, au contraire, parce que je suis en train de les tracer. » C'est notre ligne d'émancipation, de libération. Elle est le contraire du destin ou de la carrière. Et c'est sur une telle ligne que je peux enfin me sentir vivre, me sentir libre.

Jean s'interrompt. Isabelle s'est retournée sur le côté pendant dans son sommeil. Elle a tiré sur le drap jaune de l'hôpital pour se couvrir jusqu'au cou. Maintenant elle lui tourne le dos et ronfle légèrement. Il sourit et reprend sa lecture.

Et pourtant si Félix et Gilles définissent trois lignes (et non deux), c'est bien pour nous garder de tout dualisme. Il n'y a pas d'un côté les méchantes lignes dures et de l'autre les bonnes lignes de fuite. Prendre une ligne de fuite ne signifie pas « prendre la bonne voie » mais « expérimenter ». Ensuite les lignes de fuite sont les plus dangereuses parce qu'elles sont réelles et pas du tout imaginaires (ce sont les lignes souples qui sont imaginaires : rêveries, fantasmes, utopies révolutionnaires, ragots,...). Avant de suivre une ligne de fuite il faut pouvoir la tracer. Sinon cela peut nous mener à la catastrophe : paranoïa, suicide, overdose, hôpital psychiatrique, solitude, alcoolisme ou dépression...

Quand Jean émerge, vingt minutes plus tard, il est un peu engourdi. Il se rend compte qu'il s'est endormi et que c'est Isabelle à présent qui veille sur lui. Il comprend que c'est sa voix qu'il a reconnue dans son rêve. Il pensait que l'histoire faisait partie du rêve. Mais la réalité lui sourit bien plus gentiment. La voix ne s'est pas interrompue :

... Enfin, dans nos vies, toutes les lignes sont entremêlées. A la multitude des dispositifs de pouvoir correspond une multitude de lignes dures autour desquelles se tortillent une myriade de lignes souples. Et de chaque dispositif une multiplicité de désertions est possible... Nos lignes de fuite progressent au sein de nos expériences...

Isabelle a laissé la revue lui glisser des mains et a fermé les yeux un instant. La lecture semble l'avoir épuisée, elle reste un bon moment sans rien dire. Derrière ses paupières, Jean imagine les lignes se dresser devant elle. Il se demande si elles convergent toutes vers l'horizon en un point fixe qui pourrait enfin les réconcilier ou si au contraire elles s'écartent, s'emmêlent ou s'arc-boutent. Lui-même ne sait plus trop sur laquelle il joue au funambule depuis tant d'années.

Il n'a pas le temps d'y penser car Isabelle a rouvert les yeux et le regarde chaleureusement :

- Vous êtes revenu ?

La question ne le surprend pas. Il se demande même si elle ne l'attendait pas pour pouvoir la lui poser. Il sourit et de son blouson tire la photo qui ne le quitte pas depuis ce matin. Il la lui tend presque heureux.

- Je vous ai cherchée, vous savez…

Elle lève un œil interrogateur et fait mine de regarder l'heure à son poignet comme pour lui dire « vous ne seriez pas un peu en retard… ».

- J'ai eu des petits soucis, dit-elle en désignant l'endroit d'un geste large. Fausse alerte. Le cœur en panique, fatiguée, trop secouée. Quelques jours de vacances au frais de la princesse. L'hiver est un peu rude…

Jean ne sait pas quoi répondre.

- Ne faites pas cette tête… c'est pas si grave. La Zazou n'a pas dit son dernier mot. On s'occupe bien de moi ici.

Jean est surpris. Il reconnaît l'espoir dans ces mots. Il voudrait y croire. Que cette journée ne soit pas vaine. Il demande :

- Alors vous allez rester un peu ? Vous êtes bien ici ?

- Je ne me plains pas. Il y a de bonnes lectures. Il se pourrait que je prolonge un peu, oui… et vous, vous reviendrez ?

Jean ferme un instant les yeux. Il est troublé. Elle semble avoir repris des forces. Il ne sait pas ce qu'il a à lui donner mais elle, elle a l'air de le savoir.

Il s'entend répondre, étonné :

- Si je peux vous aider ?

- M'aider ? Je ne sais pas, vous êtes venu, c'est déjà beaucoup. Peut-être en étant heureux. La dernière fois que l'on s'est vus, vous ne sembliez pas heureux. Je sais que mon histoire a fait écho en vous sinon vous ne seriez pas là. Vous n'êtes pas juste un photographe, les images se gravent en vous. J'imagine que depuis, vos lignes se sont un peu emmêlées…

Jean sourit, se tait, hausse les épaules, ravale une émotion. Le tout dans une grande confusion. Il est bluffé. C'est elle qui a besoin, et c'est elle qui donne. Il est venu lui rendre sa photo. Son sourire. Elle lui en donne d'autres en échanges. Cette fois-ci, il ne peut se cacher derrière son Leica, alors il les reçoit de front. Il est ému.

Il finit par dire, courageusement :

- Vous aussi, vous le pouvez encore… être heureuse. Vous semblez même le devenir, ça me fait vraiment plaisir. Je…

Un homme vient de faire irruption dans la chambre, interrompant Jean. Il s'exclame :

- Ah ! Mais je vois qu'on a de la visite, c'est bien ça. Et tendant une main amicale à Jean : je me présente, docteur Tête comme a bien voulu me baptiser Mlle Serat ici présente… c'est moi qui ai en charge cette magnifique jeune femme pendant son séjour ici.

Jean a serré la main de l'homme et regardé Isabelle. Son sourire est béant et ses yeux lumineux.

Il lit sur la blouse du médecin, docteur Bernard Tapan, Psychiatrie - Addictologie.

Docteur Tête ! Une épitaphe façon Mathilde. Joliment trouvé ! Il comprend mieux à présent. La revue, l'article sur les Lignes, le sourire de la Zazou, son optimisme. Est-ce que le monde va lui sembler moins lourd à porter ? Au moins durant quelque temps ?

Quand un quart d'heure plus tard il quitte Isabelle, le soleil a déjà tourné le dos à Paris, il fait presque nuit. Jean ne lit plus à ses pieds ni les lignes bleues, ni les jaunes, ou les vertes qui conduisent les destins dans ce labyrinthe hospitalier. Il remonte le col de son blouson et souffle dans ses mains.

Le froid, l'humidité et l'obscurité l'ont surpris. Le poids de cette journée tombe à nouveau sur ses épaules. Il s'éloigne en baissant la tête. Il n'a pas envie de rentrer. Pas tout de suite. Pas seul.

Ce qu'il éprouvait de joie est resté derrière la porte de la chambre quand il l'a refermée sur Isabelle et le médecin. Il se sent à nouveau triste.

Rue de la Santé, il voit sur la vitre d'un abribus une affiche de cinéma. Le déclic est immédiat. L'idée s'impose d'elle-même.

Voir un film. Voilà, c'est ça. C'est exactement ce dont il a besoin. Les images des autres, la vie des autres, leurs doutes et leurs espoirs. Qu'il oublie la sienne. Qu'il voyage ailleurs. Qu'il soit un autre, une heure ou deux. Il sait que place d'Italie, un complexe lui offrira un choix XXL. Il remonte le boulevard Arago, pressé, fébrile. Il va choisir un film pas compliqué, facile à suivre, avec un happy end.

Un film américain où le héros gagne toujours. Jack Nicholson, Morgan Freeman. Deux héros pour le prix d'un. Il ne sait pas de quoi ça parle, des siècles qu'il n'a pas mis les pieds dans un cinéma. « Sans plus attendre », ça sous-entend une urgence, de l'action, du rythme, des cascades peut-être. Un bon film musclé, tonique. Il pense qu'il est sauvé.

Et pourtant une heure trente plus tard, il entend la voix triomphante de Mathilde s'insérer subrepticement dans sa tête « Alors là, tu l'as bien cherché, il n'y a pas de hasard. Et si tu veux continuer de négocier, ça ne va pas s'arrêter. »

Le film a fini de le mettre K-O. Cette histoire de deux mourants qui ne veulent pas trépasser sans avoir réalisé leurs rêves, qui dressent la liste des derniers bonheurs à vivre et s'acharnent à doubler le temps afin de réparer en quelques mois ce qu'ils ont loupé toute leur vie est une provocation.

Son rêve à lui est impossible. Il n'entendra jamais le rire cristallin de son frère résonner dans ses oreilles. Sa main ne prendra jamais la sienne pour le conduire dans un jardin. Son monde restera pour toujours cette bulle au plastique dur et transparent, puis cette urne au métal froid. Chacun d'un côté, à jamais séparés, à demi vivants.

« C'est vrai, dirait Mathilde, ça tu ne le rattraperas pas mais tu peux vivre autre chose, toi, tu es vivant. Qu'est-ce que tu fais depuis toutes ces années ? Tu vis alors autant vivre bien. Tu dois le faire le deuil de ton frère. Le monde ne s'arrête pas de tourner à chaque tombe creusée. Il ne s'est pas fait non plus avec des Si… qui peut dire ce que tu aurais vécu s'il avait été là ?…

C'est comme ces sacs de femme dans lesquels on trouve toutes sortes de choses inutiles. Ces sacs remplis de « au cas où… on ne sait jamais… ». Cette compilation d'objets primordiaux calme leurs angoisses à la pensée qu'elles ont tout sous la main, mais pèse une tonne et leur scie l'épaule. Le sac « Si » dans lequel jamais personne n'a trouvé le coupe-misère qu'il faudrait pour parer à toutes les catastrophes de cette foutue vie ».

Mathilde et ses élucubrations… quelle bouffée d'oxygène !

Le retour jusqu'à son appartement, Jean l'effectue dans une sorte de transe, mode robot.

Le métro, les gens, les rues, il ne s'en souvient pas.

Il est près de 20h quand il s'effondre tout habillé sur son lit une bouteille de whisky à la main.

Chapitre 13

Mathilde lui manque. Il a soif de son ventre, ferme et doux. Contre lequel il pose la tête après l'amour. Contre lequel il s'enroule et fait l'enfant. Un enfant cassé et titubant.

Son ventre, berceau de l'humanité, élu zone privilégiée, en pole position devant son sexe, ses seins, ses hanches, sa bouche. Est-ce qu'il pourrait y planter un espoir ? Est-ce qu'il a seulement envie d'essayer ?

« On n'essaie rien, lui avait un jour rétorqué Mathilde. On fait ou on ne fait pas mais le verbe essayer n'existe pas. Regarde, je te montre… ».

Pour Mathilde, la vie était un théâtre permanent, à la logorrhée intarissable et à l'imagination expansive. Il fallait courir pour la suivre.

« Assieds-toi, bien droit et maintenant pose tes mains à plat sur tes genoux. Voilà, comme ça. Et maintenant essaie d'en soulever une. Vas-y, essaie. Bah voilà… tu vois ! Tu choisis de la soulever. Tu n'as pas essayé, tu l'as fait. Essayer ne veut rien dire. Et c'est valable pour tout. Tu fais ou tu ne fais pas, tu prends des risques et tu vois. Le bonheur n'est pas plus compliqué. Pas plus extraordinaire.

Une multitude de petites choses en font une grande. Inutile de se retrouver à trois heures du matin en haut d'un clocher à taguer le prénom aimé. Pas obligé non plus de se retrouver en bas d'un cratère pour chauffer un anneau au fer rouge et y graver un cœur. Ni de grimper l'échelle des pompiers par force huit pour s'ingénier à attraper la lune au lasso. Encore moins de plonger dans la mer par moins quinze pour repêcher un chapeau qui au final s'y trouve bien.

Mais par contre, faire mille kilomètres pour un baiser, pourquoi pas. Se taire toute la durée d'un film même s'il est en finlandais, c'est possible. Rester zen dans un embouteillage en plein soleil tout en continuant d'expliquer pourquoi Catherine ne choisissait pas entre Jules et Jim, amusant. Offrir une fleur, composer une chanson, prendre un café en discutant de la passion du chocolat selon Lindt et Sprungli, excellent ! Avec pour seule devise, inlassablement « Vivre des moments légers avec des gens profonds ». Toujours choisis, jamais subis jusqu'à ce qu'un jour vienne pour les deux, en réciprocité, et simultanément… l'évidence. »

Les délires de Mathilde, un bon remède contre la déprime !

Le désir monte en lui. Vif, impétueux. Il imagine ses seins. Ils se moulent entre ses doigts. Généreux, fermes et doux. En poire avec leurs mamelons bruns. Et il sent son odeur comme si elle était là, toute proche, sa peau contre sa bouche. Un peu de sa sueur mélangée à son eau de toilette. Il la voit nue sur le lit, les draps défaits, ses grands yeux noirs rivés aux siens. Plus tard, un bras passé sous ses reins, l'autre tendu, leurs sexes mouillés et leurs haleines essoufflées. Il est sur elle, en elle, avec elle. Mathilde, lovée contre lui, en refuge dans ses bras, la tête sur son épaule, tout son corps courant le long du sien.

Une évidence !

Et pourtant, est-ce qu'il n'avait pas déjà vécu ça avec Elodie ? Elodie, son premier amour. Terminale B3. Son arrivée en classe le jour de la rentrée. Il était resté statufié. La plus jolie fille de toute la ville. Elle lui avait souri timidement et demandé si elle pouvait s'asseoir à côté de lui. Il n'avait pas osé refuser. C'était pourtant la place d'Henri mais il était en retard. « Désolé mon vieux, pas de ma faute, c'est un ange blond, j'ai rien pu faire », s'était-il excusé à distance avec un geste de la main et un mouvement de tête quand celui-ci était enfin entré.

Henri lui avait pardonné car la nouvelle prof de philo était à son tour apparue. Ils s'étaient trouvés chanceux de vivre ensemble leur première grande histoire d'amour. Henri avait fini par épouser Catherine de neuf ans son aînée. Ils semblaient heureux, avaient eu un enfant, son filleul. Jean avait reçu un sale coup en fin d'année quand Elodie lui avait annoncé qu'elle partait aux Etats-Unis d'où elle n'est jamais revenue. Elle avait définitivement ancré en lui qu'en amour, rien ne dure.

Par la suite, il avait privilégié des femmes au profil moins romanesque, des femmes-enfants sans débordement, qu'il contrôlait inconsciemment et avec qui il n'avait jamais eu à prendre de décision.

Son métier, ses absences, ses silences et son cynisme en faisaient un homme d'autant plus intrigant qu'il paraissait inaccessible.

Difficile à approcher, à séduire et à apprivoiser. Son inaptitude au deuil le rendait imperméable au bonheur. Même s'il ne l'avait jamais exprimé, et ne s'en était jamais plaint, son comportement de baroudeur et ses airs détachés donnaient à penser que la souffrance n'est pas digne. La douleur qu'il n'avait jamais voulu affronter, il l'avait infligée à l'autre. En quittant les femmes le premier, il se protégeait d'être à nouveau abandonné.

Lors d'un déjeuner avec l'Oncle Emile au cours duquel il lui avait exprimé son désarroi, celui-ci avait demandé « A ton avis, qu'est-ce qu'il est plus difficile de faire : devenir une crapule ou un type bien, résister aux coups du sort ou les laisser te mettre K-O ? Réfléchis bien, dans les deux cas, cela demande un effort. Il n'y a ni bonne ni mauvaise réponse, juste une à choisir pour continuer de vivre. Le jour où tu l'auras trouvée, et quelle que soit cette réponse, tu seras heureux. C'est quand on ne sait pas où l'on va que l'on se perd le plus. Le jour où l'on choisit, la route s'ouvre toute seule sous nos pas… ».

Un silence avait suivi qui avait plongé l'oncle Emile en grande méditation. Jean s'était resservi un verre de vin et, avant de boire, avait voulu trinquer, cynique comme il se plaisait à l'être certains jours :

« A la grande lâcheté des hommes, leurs défauts et leurs, néanmoins, grands courages… ».

L'oncle Emile lui avait souri et dit un peu tristement :

- Je vais t'avouer une chose, Jean, mon petit. Je ne suis pas très fier mais je n'ai plus honte à présent. Un matin qui n'était pas fait comme les autres, il y a de cela un mois ou deux, je me suis réveillé la tête à l'envers, avec une sorte de mauvaise conscience. Comme si d'un coup je me voyais. J'ai pensé à ma vie et tu sais ce qu'elle a été, n'est-ce pas. J'en ai bien profité et je ne regrette rien. Et pourtant je ne sais pas pourquoi mais je me suis mis à pleurer. Comme si pour une fois, j'étais lucide. J'ai pensé aux amis qui s'étaient détournés, aux femmes que j'avais quittées, aux enfants que j'avais trahis - au point de ne même plus employer le possessif -, et à mes parents. J'ai pensé à ces innombrables anonymes que j'ai pu mépriser et à tous ceux que j'ai considéré comme des sous-fifres et que j'ai plus ou moins molestés. Je n'arrivais pas à me rappeler quand j'avais aimé, si même j'avais aimé. Il me semblait que tout sonnait faux. Je ne voyais plus que le mal en moi, le noir… et j'ai pensé à tous les coups que j'avais portés. J'avais l'impression qu'ils s'étaient stigmatisés. Je me suis regardé dans la glace et j'ai cru voir apparaître comme une sorte de purpura géant qui, insidieusement et sans relâche toutes ces années, avait recouvert l'ensemble de mon corps et se révélait enfin au grand jour. Comme si de bleus en bosses, de contusions en hématomes, d'ecchymoses en meurtrissures, toutes ces mesquineries qui affectent notre quotidien, mon corps avait inscrit jour après jour la marque de ses forfaits. Dans une variante de jaune, noir ou vert, un peu de mauve parfois, toute nuance qui transcende la souffrance selon qu'elle varie d'intensité, le mal avait souillé mon sang. Comme une lente et douloureuse hémorragie qui se réveillait ce matin-là…

L'oncle Emile avait marqué un temps. Le souvenir semblait lui arracher une douleur qu'il cherchait à contenir en silence. Jean ne disait mot. Il n'était pas habitué à voir l'Emile en difficulté. C'était son héros depuis toujours. Au-dessus de Peluche et du Polaroïd, un homme fait de chair et de sang qui lui avait toujours paru une valeur sûre. Il n'était pas certain d'avoir envie d'entendre cette histoire qui résonnait comme une sorte de confession.

L'oncle Emile lui-même ne savait pas ce qu'il le poussait à cet aveu et pourtant il avait continué. Il savait ce qu'il représentait pour son neveu, il savait que cet enfant, parce que c'était ainsi qu'il l'avait toujours vu, avait souffert, comment et pourquoi. Il savait de quelle blessure était née son inaptitude au bonheur. Il ignorait s'il pouvait y changer quelque chose mais il avait essayé. Toutes ces années, il lui avait chanté les louanges de la vie de château. Il avait fait de sa vie un conte de fée qu'il s'était plu à raconter. Est-ce qu'aujourd'hui la vérité, sa vérité pourrait l'aider ?

Il avait décidé de continuer :

- Et donc, ce matin-là, je me suis rendu compte que j'avais fait souffrir quantité de gens. Je me suis senti coupable. Autant te dire que j'avais mal. Je me suis dit que j'avais vécu comme un homme. Dans la culpabilité, le remords et la tristesse, quelquefois. L'oubli, le déni et la mauvaise foi, le plus souvent. Et pourtant j'aurais pu faire autrement, on peut toujours faire autrement. Il faut juste choisir.

Jean ne se souvenait pas bien de ce qui avait suivi cette conversation. Un long silence et plusieurs verres de vin très certainement. Tous deux n'étaient pas hommes à pratiquer de trop longues introspections même si ce jour-là pour l'oncle Emile et en ce moment pour Jean, la vie leur forçait un peu la main.

C'est, à quelques nuances près, la même question que soulevait Mathilde depuis ces dernières semaines et dont elle attendait aujourd'hui une réponse « Est-ce que tu as réfléchi ? Tu restes ou tu pars ? Tu viens ou tu continues de t'enfuir ? Choisis bon Dieu, tu me tues à ne pas savoir ».

Il aurait voulu la rejoindre. Tout en lui hurlait : « Mais vas-y imbécile, fonce, après tout, qu'est-ce que tu risques de plus ?».

Et comme il n'y arrivait pas, il se décida à lui écrire.

Il sauta du lit, alluma son Mac, ouvrit sa boîte e-mail. Un message de Franck l'attendait. Sursis inespéré.

Il pensa qu'il était sauvé.

15h55 – Récap.

Les dernières heures sont passées extrêmement vite et ma notion du temps s'est un peu embrumée. La première grosse réplique du séisme a vraiment asséné un coup au moral de pas mal de monde. En plus d'être assez forte, elle s'est accompagnée immédiatement d'une mini-tempête et de pluies comme la région Chengdu en connaît rarement. Il y a apparemment une explication scientifique à ce phénomène, une histoire d'électricité entre la terre et les nuages qui explique qu'une secousse puisse entraîner ce genre d'orage.

Concrètement néanmoins, cela donne une ambiance fin du monde, quand vers 01h00 du matin une secousse vous fait vous précipiter dehors, pour vous mêler à une foule apeurée, alors qu'une tempête de poussière se lève et que la foudre au loin se rapproche

Dans le même genre de frayeur à vous faire coucher dehors, le soir même, vers 22h00 le gouvernement a envoyé des SMS à tout le monde, pour signaler qu'une forte réplique aurait lieu sous 24h00. Très intéressant, cette manière de communiquer du gouvernement chinois, par SMS. Tous les jours sur son téléphone mobile, la population entière reçoit des tas d'infos utiles, sur l'eau, sur l'état des répliques,des barrages autour de Chengdu, sur les fausses Croix-Rouge qui escroquent les bonnes âmes de donateurs... etc.

Devant les marches du bâtiment, des étudiants ont fait brûler une chaîne de grosses bougies représentant un cœur, pour un "I love China" extrêmement populaire ces temps-ci... d'abord lancé pour motiver le peuple sur les Jeux olympiques, le tremblement de terre du Sichuan a catapulté ce symbole tout simple au rang d'emblème national, accompagné d'un vibrant "Wo men zai yi qi" (nous sommes tous ensemble), nouvelle devise de la Chine.

Les villages (en Chine un village compte entre 10 et 15 000 habitants) semblent plus avoir subi un bombardement qu'un séisme. Il reste que leurs maisons sont détruites, l'eau potable n'arrive plus, l'hygiène est un problème majeur au vu des risques d'épidémies et de la bonne santé exaspérante des moustiques.

Nos livraisons sont un peu des rencontres du troisième type...

Jean ne lit pas plus loin. Le troisième type l'a percuté de plein fouet. Il est retourné au pied du lit chercher la bouteille de whisky, a basculé la tête en arrière, s'est brûlé la gorge, a fermé les yeux dans une grimace et s'est rassis.

À présent, il clique sur « Ecrire un nouveau message », tape l'adresse de Mathilde, regarde la page blanche, pose ses doigts sur le clavier et réfléchit. Rien ne vient. Comme à l'accoutumée, il est incapable de s'exprimer par des mots. Leur univers lui est étranger. Il n'a jamais trouvé de réponse avec les mots. Il leur préfère le silence. C'est la raison pour laquelle il ne répond jamais au courrier et hésite toujours à prendre une communication au téléphone. Contrairement à Mathilde, ses paroles ne sont jamais prétextes à de fabuleuses histoires.

Un soir, elle l'avait vraiment fait rire en tentant désespérément de lui vanter le pouvoir des mots, la noblesse des lettres et la richesse de leur utilisation. Debout sur le lit, à moitié nue, elle s'était insurgée :

- Est-ce que tu te rends compte au moins de ce par quoi il a fallu passer pour ériger le K, ne pas briser la patte folle du Q, parfaire l'arrondi du C, doubler celui du S et immobiliser le Y ?

Ah bah non, ça non, il ne savait pas, elle ne lui avait pas encore fait ce numéro-là.

Ne pas briser la patte folle du Q, nom de Dieu, mais où était-elle allée dénicher ça ?...

- Une lettre n'est pas seulement un dessin mais l'expression d'un sentiment intrinsèque…

Et là, le délire avait commencé. Toujours nue sur le lit, elle avait tenté, sans perdre l'équilibre, de mimer son explication. Les bras levés du V, le point de réflexion majeur du I, le biaisé du Z, le handicap sonore du N face au contour parfait du O… des lettres, puis des mots, puis des phrases et au final une histoire… ».

Elle était bien partie ce jour-là encore et lui totalement subjugué.

- Tout est là, toujours, mon amour, dans l'histoire qu'on se fait des choses, des gens, de ce que l'on voit à première vue et qui n'est jamais qu'un pâle reflet. La vraie réalité d'un nuage, par exemple, ce n'est pas son poids même si en définitive, ça peut donner corps au récit. Ce n'est pas son nom non plus même si en des temps lointains, un certain Luke Howard a pour ce faire été d'une grande finesse. Non. C'est surtout d'être à la source d'un imaginaire plus grand, voir le bon côté des choses en attendant qu'elles se retournent toutes seules et puissent être à même d'offrir enfin leur vrai visage.

S'imaginer voir passer une âme, un reste de vie, un contour humain parti se désagréger au ciel. Un mort qu'on croit avoir enterré six pieds sous terre et qui se balade peinard en cherchant ce qu'il va bien pouvoir faire de son âme les dix ou vingt prochaines années. Un mort qui voyage incognito jusqu'à ce qu'il tombe en graine sur une maison et trouve refuge dans le ventre d'une femme qu'il trouverait belle ou gentille ou simplement disponible. À quoi ça sert un nuage si ce n'est à nous faire raconter des histoires ? Avant qu'il ne verse en pluie pour faire plaisir à nos scientifiques, les enfants peuvent bien y fourrer leurs rêves. Tu comprends ?

Jean avait balbutié :

- Oui et non, pas tout à fait, quoique. Les nuages, Mathilde, mais pour moi ça fait toute la différence, ça change la lumière. Qu'un nuage se pointe et mes pixels se moirent. Qu'il me découvre le soleil et c'est le contre-jour assuré. Tu as déjà vu des photos faites à la mauvaise heure ?

Il était resté sérieux et tendu et cette fois-là n'avait pas applaudi. L'idée du mort qui voyage incognito, et qui attend de trouver le ventre d'une femme l'avait touché.

Evidemment c'était impossible, rien de ce que disait Mathilde n'était probable et pourtant Jean avait envie d'y croire. Est-ce que son frère attendait là-haut un signal pour revenir ? Est-ce qu'il choisirait Mathilde pour mère s'il la voyait ? Elle était belle et disponible, sûre que n'importe quel enfant voudrait grandir en elle. Une femme à ce point forte et fantasque.

Mathilde ma faiseuse d'histoires, dis-moi, c'est quoi en vrai ton secret ? D'où tires-tu cette énergie de vie, dans quel mystère, au fond de quel secret ?

Elle avait ri comme toujours avant de répondre.

« Je suis comme ça, je n'y peux rien, c'est un don, faudra t'y faire, je ne quitterai pas le rêve pour la réalité. Le monde a besoin de rêves et moi j'ai besoin du monde. Je vais continuer d'échanger. Tu sais au fond, les rêves sont des réalités à portée de main. Entre les deux existe une échelle, toujours. Des barreaux à gravir un par un, et deux montants parallèles où s'accrocher, ne pas tomber, garder confiance, reprendre son souffle, s'appuyer et repartir…».

Le pire c'est qu'il la croyait.

Chapitre 14

La page ouverte sur son ordinateur va rester blanche, il le sait. Il ne rivalisera pas avec Mathilde. Ce n'est même plus le but. Il réfléchit. Boit une autre rasade de whisky. Ouvre la fenêtre. C'est toujours la nuit. Il fixe le trou noir que ceint la cour intérieure de l'immeuble. Il n'a jamais eu envie de sauter et ce soir-là pas plus qu'une autre fois, mais voler pourquoi pas. S'élancer et se sentir pousser des ailes, se croire capable d'être affranchi de l'apesanteur. Un rêve de gosse auquel il ne croit plus pourtant. Plutôt un cauchemar qui tue chaque année 400 enfants. Il l'a lu, il n'y a pas si longtemps. En diagonale. Quelque part.

Venir se poser contre Mathilde, la surprendre dans la nuit, être là, sans rien dire. Ne plus repartir. Elle comprendra. Alors ce sera simple. Une nouvelle vie commencera. Ce sera samedi, un beau samedi. Un samedi où il vivra enfin apaisé, au milieu des plaisirs, dégagé des lourdeurs. Adieu vendredi pourri. Merci la vie. Oui mais alors…

« Oui mais alors, rien ! Oublie ce que tu ne sais pas faire, concentre-toi sur ce que tu sais faire. Dis ce que tu veux et pas ce que tu ne veux pas. Dis-le au positif, parle au présent. N'accuse jamais « Tu », mais prend tes responsabilités en « Je »… ».

« Au diable Monsieur Bulbe » aurait dit Mathilde, sauf que cette fois-ci, ce n'est pas la voix de Mathilde qui l'admoneste.

C'est une voix plus douce et plus consciencieuse, une voix remplie de piété et d'abnégation. Une voix qu'il n'entend jamais, qui parle bas et peu mais qui le replonge dans des abîmes lointains.

Une voix qu'il a cessé d'écouter pour ne plus entendre que la sienne, destructrice et ravageuse.

C'est la voix de sa mère qui d'un coup vient de surgir dans un angle de la cour. Comme il a vu le reflet de son père ce matin dans le miroir, il croit entendre la voix de sa mère. Il y a longtemps, un matin, son visage entre ses mains.

« Jean mon petit, écoute-moi, c'est maman, tout va bien, tu n'as rien fait. »

Il avait 18 ans presque 19 et comme l'oncle Emile, elle l'appelait encore mon petit. Ça devait suivre l'été où Elodie l'avait quitté, il s'était réveillé en sueur. Il avait fait un cauchemar et de peur avait mouillé son lit.

Dans son rêve, Elodie se plantait devant lui, déboutonnait son chemisier, très lentement. Il ne voyait pas son visage, juste ses doigts et sa peau qu'elle dévoilait bouton après bouton. D'abord les seins et juste en dessous, une vision abominable. La tête d'un enfant. Une grosse tête de bébé qui avait pris toute la place de son ventre, qui en sortait, joufflu, souriant, vivant.

Effrayé, Jean s'était réveillé, le pantalon trempé, rempli de crainte. Il avait eu tellement honte qu'il n'avait pas voulu réveiller sa mère. Il avait roulé les draps en boule, ouvert la fenêtre de la chambre et était allé se coucher sur le canapé du salon. Elle l'avait trouvé au matin enroulé dans sa couverture. Quand elle avait posé sa main sur sa tête pour le réveiller, il s'était mis à pleurer. Sa douceur l'avait ému, il s'était raccroché à sa main comme un enfant. Et il avait geint, sans pouvoir s'arrêter :

- « Et maintenant, qu'est-ce que je vais faire ? Je suis foutu, tu entends, foutu. Elle est partie, elle m'a tué comme j'ai tué Lucas, je le sais, je les ai vus ensemble… dans son ventre.»

Il avait avoué, c'était trop tard. Il avait prononcé son prénom. Lucas. Il avait tiré du néant son petit frère si définitivement endormi dans sa boîte grise et blanche. Le monde de nouveau allait le pourfendre, le punir, lui faire payer.

Dieu était mort.

Une fois encore, il y a longtemps, cette nuit-là.

Sa mère avait parlé comme elle ne l'avait jamais fait. Il entendait ces phrases comme si c'était hier.

« Jean mon petit, écoute-moi, c'est maman, tout va bien, tu n'as rien fait. Rien. Oublie tout ça. Tu n'y peux rien. Concentre-toi sur ce que tu sais faire aujourd'hui. Dis-moi ce que tu veux, parle-moi, maintenant, au présent. Ne t'accuse pas. Personne n'est responsable. Jean, tu m'entends, mon petit… ne pleure pas. »

Elle l'avait bercé, caressé, rassuré. Il avait eu tellement honte qu'il avait tout refoulé. Et ce soir, des bribes lui reviennent en mémoire. Il ignorait qu'il les avait enregistrées.

Alors pour la troisième fois de la journée, il se met à pleurer.

Mais cette fois-ci, sans retenue.

Vraiment.

Sans honte ni pudeur.

Un barrage vient de céder qu'il ne retient pas.

Il rentre la tête entre les épaules, son corps glisse sur la moquette. Il n'est plus rien. Il est seul.

Son corps lui fait mal, sa tête, son cœur. Il étouffe.

Il n'a jamais tant pleuré. Peut-être même que c'est la première fois. Des torrents qui vomissent la peur et le mal et des années de silence qui dégorgent enfin le fiel des non-dits.

Tout ce qu'il avait rêvé de partager avec Lucas. Ses espoirs vains, des projets étouffés dans l'œuf.

Toucher sa peau, sentir son souffle, entendre son rire. Au moins ça ! Connaître son odeur. Peut-être que Jean ne l'aurait pas aimé, qu'il l'aurait détesté. Qu'il ne lui aurait pas manqué.

Oublier cette chambre blanche, sa tête qui dépasse de dessous du drap, sans expression, figé, méconnaissable. Froid, trop petit, aseptisé.

Le cercueil couvert de roses. Ses parents assis de chaque côté de lui. Tordus, pliés, rapetissés. Les flammes puis les cendres. Et entre les deux, la question. Où es-tu ? À quel endroit du monde ?

Il n'avait jamais cessé de chercher.

Jean s'arc-boute à chaque pensée. Il ne retient ni les cris, ni la morve, ni les hoquets, ni les invectives. La douleur est là, partout, qui exsude de son corps, en soubresauts, contractures. Des convulsions pleines de biles et de glaires. Il est souillé, exsangue, tailladé et malheureux.

Malheureux comme seul un enfant peut l'être. Sans limite. En croyant mourir. En voulant mourir.

Quand il se réveille, deux heures plus tard, il est sonné. Deux grosses caisses battent à ses tempes. Un mauvais son. Bien trop de bruit.

Il se tient la tête entre les mains et cherche des yeux la coupable. Il la voit. Cent pour cent malt. A une lettre près dirait Mathilde, elle ne trompe pas son monde. Evidemment, la bouteille est vide. Sèche et seule. Comme lui. Tous les deux effondrés en travers de la chambre.

Il a soif. Une soif phénoménale. Il se lève, titube jusqu'à la cuisine, fait jaillir l'eau au robinet et boit, sans s'arrêter.

L'eau s'écoule sur ses joues, dans son cou. Elle est glacée, il la sent qui mouille sa chemise, qui gagne son torse. Il en verse dans ses mains et s'asperge le visage. L'étau se desserre, ses esprits lui reviennent.

Il va jusque dans la salle de bains, évite le miroir. Inutile de se flageller. Il connaît sa tête des mauvais soirs. L'expérience de ce matin suffit. Il prend une douche, enfile un tee-shirt et retourne s'asseoir sur son lit.

Il laisse son regard errer, revenir, repartir, se souvenir.

Le mur. Son mur.

Des lieux, des visages, des tragédies. Des dizaines de photos qui ont chacune une histoire et des émotions qu'il ne regrette en aucune façon.

Qui sait, sans elles, ce qu'il serait devenu ? Si elles n'avaient pas été là, jour après jour, devant son objectif, de l'autre côté de lui ? Si elles n'avaient pas fait écran ?

Pourtant il comprend que quelque chose s'achève et que, quelle que soit sa décision, tout, à présent, va être différent.

Il sait ce qui lui reste à accomplir.

Et il l'accomplit.

Sans précipitation. Avec calme.

Il s'empare d'un vieux carton à chaussures, rempli de tout, c'est-à-dire surtout de rien. Voilà qu'il se met à raisonner comme Mathilde, par l'absurde. Faudrait voir à pas trop en faire non plus, se dit-il.

Il le renverse par terre. Des stylos, une boîte de punaises, du scotch, un marqueur, des post-it, un carnet de timbres, un cadenas, un paquet de chewing-gums, des agrafes, une pipe, un cendrier, un briquet et mille et une autres bricoles. Ça fait un assez gros tas, ce n'est pas rien, ça fait un tout, c'est même utile.

Il le secoue, souffle dedans, chasse les poussières, tire sur le bas de son tee-shirt, essuie les parois.

Alors satisfait, il se place debout face au mur, respire un grand coup et en silence, commence à ôter une à une les photos.

Tempêtes de sable, raz-de-marée, ouragans, foudres, feux de forêt, tremblements de terre, cailloux, roches, cendres. Villages dévastés, rues désertées, regards anonymes, corps étrangers, désincarnés, démantibulés. Tout ce que la nature a donné à l'homme et qu'elle a repris avec avidité. Dans le chaos, le bruit, la peur. Sans préavis, sans raison. Parce que c'était ainsi.

Tout un mur de désolation. Le ciel et la mer inversés. L'humanité déroutée, anéantie, assassinée.

Une seule photo au milieu de cette mosaïque ne provenait pas d'un de ses objectifs. Une prise de vue qu'il n'aurait jamais eu le cran de prendre par lui-même mais qu'il avait tenu à avoir sous les yeux. Comme preuve de sa lâcheté. Un carré abominable. Vif et lumineux. Rouge et jaune. Des ombres sang sur un mur ocre. Les fantômes de la détresse. Des traces de doigts qui dessinaient des formes et qui parlaient à Jean. Une photo d'Annie Leibovitz. Un massacre d'enfants dans une école tutsi.

Rwanda. 1994. Lui n'aurait jamais pu aller là-bas ni même photographier un enfant ou un souvenir d'enfant.

Mathilde avait été choquée la première fois qu'elle s'était retrouvée face à ce mur. Elle avait refusé de rester, refusé de dormir. Elle s'était arrachée de ses bras, s'était caché le visage dans ses mains et s'était enfuie de la chambre. Elle ne voulait pas voir. Il y en avait trop. Elle ne comprenait pas ou plutôt si. Qu'il ne soit jamais chez lui, toujours ailleurs, ça s'expliquait à présent. Comment pouvait-on dormir en face de « ça » ? Elle n'avait pas trouvé de mot adéquat pour exprimer cette anthologie des horreurs du monde. « Ça », cette chose, cette compilation morbide. On dirait un sanctuaire. « Jamais avait-elle dit durement, tu m'entends, jamais, je ne dormirai face à ça ».

Il avait voulu se défendre : « Ce n'est que la réalité Mathilde. Partout dans le monde, la réalité. Je n'ai rien inventé ».

Elle n'était plus revenue, il l'avait rejointe chez elle. Il avait de moins en moins dormi chez lui. S'était imprégné de son intérieur à elle, gai, vivant, coloré, inventif. Son antre feng-shui-zen comme il aimait à le caricaturer.

Et aujourd'hui, avec le recul, son mur prend une tout autre dimension. Différente.

Comme d'ailleurs tout depuis ce matin. Les gens, les choses, les situations lui sont revenus en boomerang, avec de l'épaisseur. Comme s'il les voyait pour la première fois.

C'est son rêve qui a tout déclenché. Qui a tiré sur la ficelle du sentiment et a commencé de le déstabiliser. Son rêve et l'apparition de son père dans le miroir ont ouvert une brèche. Les éléments par la suite n'ont fait que s'accumuler les uns derrière les autres.

L'insomnie et donc le livre et donc la photo. Les mails de Franck et celui de Mathilde. La diagonale interrompue à l'heure du premier café. Son trajet jusqu'au quotidien Le Monde. Monsieur Motocrotte, Reptile, Henri, l'oncle Emile, La Zazou, docteur Tête, les lignes de fuite et même Morgan Freeman et Jack Nicholson. Sa mère tout à l'heure dans un coin de la cour. Comme en écho à ses questionnements. Et couvrant le tout, en voix off, incessante : Mathilde et ses élucubrations.

Merde Mathilde, mais tout est là.

Devant moi.

Des années à parcourir le monde, à tenter de comprendre ses cataclysmes, à collecter ses ruines. Des milliers d'images pour échapper à une seule. Celle qui les contient toutes. Une urne pleine qu'il me fallait vider, cendre après cendre. Des milliers de photos pour autant de grains à écouler. Le monde et l'urne étaient devenu une même chose, un même lieu. En faire le tour jusqu'à l'épuisement. Le terrain privilégié des horreurs, catastrophe après catastrophe. Pour lutter, vivre quand même. Être témoin, ne pas oublier. Exhorter la vie, la transcender.

J'ai tout faux, hein Mathilde, depuis le début, j'ai tout faux. De la merde dans les yeux.

Mon lundi de l'enfance, sacrifié.

Mon mardi de l'adolescence, idem.

Il avait pourtant, comme dans tes yeux Mathilde, toutes les promesses du monde. Est-ce que je t'ai dit comme elle était belle. Elodie, mon Elodie. Belle à hurler. Je l'aimais. J'y ai cru. Je te jure que j'y ai cru. Avec elle, j'aurais pu oublier. Recommencer. Mais il avait fallu la décrocher de mon crâne. Elle aussi. Me répéter des millions de fois Stop. Oublie. Lâche l'affaire. Il avait fallu laisser mourir l'amour. Un jour après l'autre. Le laisser s'écouler pour rien ni personne. Se racornir. Se vider. Ça avait été l'enfer. Et il n'était rien resté.

Après ça, je n'ai rien gardé. Pas même une photo. Aucune. J'ai tout jeté. Comme je n'ai rien gardé des autres femmes non plus.

Elles n'ont fait que passer. Je n'avais pas de place. Quand la foudre s'abat, elle cause des dégâts. Et si personne ne vient déblayer, ils occupent toute la place. Et moi je n'avais plus les moyens. Je suis parti et j'ai fait des photos. J'ai créé des souvenirs, pour d'autres. Les miens étaient morts.

Mon mercredi social, mon métier, ma passion. Sacrifié aussi. Sur les traces du chaos, un chemin jonché de cadavres. Un filtre en permanence devant les yeux. La misère des autres.

Et toi, Mathilde, mon jeudi de l'amour, combien de temps encore à te sacrifier aux souvenirs, à la nostalgie, à la peur, aux deuils impossibles.

Qu'est-ce que j'attends ?

Moi le grand voyageur qui a franchi tant de frontières. En première ligne de tous les branle-bas naturels, de quoi ai-je peur ?

De toi Mathilde ? De ton amour ? Mais si tu partais Mathilde, si tu mourrais… je ne m'en remettrais pas… pas cette fois-ci… pas après tout ça…

Alors une à une, comme un voile qu'on lève, Jean retire les photos et les place au fond de la boîte.

À leur place apparaît un mur vide.

Une terre vierge. Muette. Disponible. Immaculée.

Et entre chaque carré blanc, une marque plus foncée. Le temps a laissé une trace comme une brisure. On dirait une sorte de puzzle dont les morceaux ne se rejoignent jamais.

Fragmentés. Désunis. Uniques.

Sûr que Mathilde aurait eu toute une théorie là-dessus.

Jean en sourit d'avance mais ne la développe pas.

De même qu'il ne cherche pas à nettoyer les taches ni à restaurer la surface ainsi dépossédée.

Il se recule, juge de l'effet.

Croit voir par anticipation ce que Mathilde verra aussi.

En tout cas, il l'espère.

Il cherche son téléphone portable. Le trouve.

Aucun nouveau message. Juste la date et l'heure.

Toujours ce fameux lundi 9 décembre.

23h51.

Il a encore le temps !

Il tâtonne un peu pour trouver le mode photo, cadre et sans réfléchir déclenche. La photo apparaît aussitôt. De médiocre qualité.

Depuis son premier Polaroïd, il n'a pas dû faire pire. Tant pis, ça fera l'affaire.

On y voit une surface blanche, lisse, nue et vierge. Les taches ont disparu, la définition n'est pas assez bonne pour saisir toutes les nuances.

En fait c'est plutôt une bonne chose.

Il l'envoie aussitôt à Mathilde.

En a la confirmation, dix secondes plus tard. Lit « votre message a bien été envoyé ».

Il est 23h57.

Il se dit qu'elle doit dormir, qu'elle l'aura demain au réveil quand elle cherchera, la tête encore dans la nébuleuse, son portable à tâtons sur sa table de chevet.

Peut-être qu'elle ne comprendra pas.

Enfin pas tout de suite.

Mais très vite. Il en est certain.

Sûr qu'elle y verra une page blanche avant d'y voir un mur blanc.

Sûr qu'elle y écrira déjà la première lettre du premier mot.

Il préfère aller dormir que d'y penser.

Il en aurait le vertige.

Je suis devenu photographe par accident,
mais la photographie a rendu ma vie possible.

1970. Richard Avedon.

Chers lecteurs, chères lectrices,

Merci.

C'est grâce à vous que ce second roman voit le jour.

Que les précédents ont une chance de paraître.

Et que le prochain s'écrit immanquablement.

Retrouvez-moi sur mon site : louvernet.com

Suivez les actualités sur ma page facebook

Ou écrivez-moi à : louvernet67@gmail.com

Un long voyage nous attend…

Chers éditeurs,

Et si vous faisiez confiances aux lecteurs ?